大家读大家

主编 丁帆 陈众议

孤独者走进梦幻共和国

高兴 著

作家出版社

图书在版编目(CIP)数据

孤独者走进梦幻共和国 / 高兴著;丁帆,陈众议主编.
—北京:作家出版社,2020.4
(大家读大家丛书)
ISBN 978 - 7 - 5212 - 0718 - 7

Ⅰ.①孤… Ⅱ.①高… ②丁… ③陈… Ⅲ.①文学研
究-东欧 Ⅳ.①I510.06

中国版本图书馆 CIP 数据核字(2019)第 208609 号

本书受"南京大学人文社科资助项目"资助。

孤独者走进梦幻共和国

主　　编:丁　帆　陈众议
作　　者:高　兴
责任编辑:丁文梅
出 品 人:刘　力
策　　划:江苏明哲文化发展有限公司
特约编辑:倪　亮　叶　觅　张士超
出版发行:作家出版社有限公司
社　　址:北京农展馆南里 10 号　　邮　　编:100125
电话传真:86 - 10 - 65067186(发行中心及邮购部)
　　　　　86 - 10 - 65004079(总编室)
E - mail:zuojia@zuojia. net. cn
http://www. zuojiachubanshe. com
印　　刷:河北鹏润印刷有限公司
成品尺寸:145×210
字　　数:143 千
印　　张:7.5
版　　次:2020 年 4 月第 1 版
印　　次:2020 年 4 月第 1 次印刷
ISBN 978 - 7 - 5212 - 0718 - 7
定　　价:42.00 元

大家来读书

世界文学之流浩荡，而我们却只能取其一瓢一勺。即便如此，攫取主流还是支流？浪花还是深水？用瓢还是用勺？诸如此类，又不是三言两语可以说得清道得明的。

本丛书由丁帆和王尧两位朋友发起，邀约了外国文学文化研究的十位代表性学者。这些学者对各自关心的经典作家作品进行富有个性的释读，以期为同行和读者提供可资参考的视角和方法、立场和观点。本人有幸忝列其中，自然感慨良多，在此不妨从实招来，择要交代一二。

首先，语言文学原本是人文的基础，犹如数理之于工科理科；然而，近二三十年来，文学的地位一落千丈。这固然有历史的原因，譬如资本的作用、市场的因素、微信的普及、人心的躁动，等等。曾经作为触角替思想解放、改革开放（在国外何尝不是这样？）探路的文学，其激荡的思想、碰撞的火花在时代洪流中逐渐暗淡，褪却了敏感和锐利，以至于"返老还童"为"稗官野史""街谈巷议"，甚或哼哼唧唧和面壁虚设。伟大的文学似乎正在离我们远去。当然，这不能怪世道人心。文学本就是世道人心最重要的组成部分和表现方式；而且"人心很古"，这是鲁迅先生诸多重要判断中的一个，我认为非常精辟。再则，在任何时代，伟大的文学都是凤毛麟角。无论是文艺复兴运动时期或19世纪的西方，还是我国的唐宋元明清，大多数文学作品都会被历史的尘埃所湮没，唯有极少数得以幸免。而幸免于难的原因要归功于学院派（哪怕是广义学院派）的发现和守护，以便完成和持续其经典化过程。然而，随着大众媒体的衍生，尤其是多媒体时代的来临，学院派越来越无能为力。我这里之所以要强调语言文学，就是因为它正在被资本，甚至图像化和快餐化引向歧途。

其次，学术界的立场似乎也已悄然裂变。不少同仁开始有意无意地抛弃文学这个偏正结构的"大学之道"，既不明明德，也不亲民，更不用说止于至善。一定程度上，乃至很大范围内，批评成了毫无标准的自说自话、哗众取宠、谩骂撒泼。于是，伟大的传统——马克思主义被轻易忽略。曾几何时，马克思用他的伟大发现揭示了人类社会发展的基本规律，但是他老人家并不因为资本主义是其中的必然环节而放弃对它的批判。这就是立场。立场使然，马克思早在资本完成国家垄断和国际垄断之前，就已为大多数人而对它口诛笔伐。这正是马克思褒奖巴尔扎克和狄更斯等批判现实主义作家的重要因由。同时，从方法论的角度，恩格斯对欧洲工人作家展开了善意的批评，认为巴尔扎克式现实主义的胜利多少蕴涵着对世俗、时流的明确悖反。尽管巴尔扎克的立场是保守的，但恩格斯却从方法论的角度使他成了无产阶级的"同谋"。这便是文学的奇妙。方法有时也可以"改变"立场。这时，方法也便获得了一定的独立性。在致哈克奈斯的信中，恩格斯说："我决不是责备您没有写出一部直截了当的社会主义的小说，一部像我们德国人所说的'倾向小说'，来鼓吹作者的社会观点和政治观点。我的意思决不是这样。作者的见解愈隐蔽，对艺术作品来说就愈好。我所指的现实主义甚至可以违背作者的见解而表露出来。让我举一个例子。巴尔扎克，我认为他是比过去、现在和未来的一切左拉都要伟大得多的现实主义大师。"由是，恩格斯借马克思的"莎士比亚化"和"席勒式"之说来提醒工人作家。

再次，目前盛行的学术评价体系正欲使文学批评家成为"文本"至上的"纯粹"工匠。量化和所谓的核刊以某种标准化生产机制为导向，将批评引向千篇一律、千人一面的劳作。于是，一本正经的钻牛角尖和煞有介事的言不由衷，或者模块写作、理论套用，为做文章而做文章的现象充斥学苑。批评和创作分道扬镳，其中的作用和反作用形成恶性循环。尤其是在网络领域，批评的缺位使创作主体益发信马由缰、肆无忌惮。

说到这里，我想一个更大的恶性循环正在或已然出现，它便是读者的疏虞。文学本身的问题使读者渐行渐远。面对商家的吆喝，读者早已无所适从。于是，浅阅读盛行、微阅读成瘾。经典的边际被空前地模糊。我们这个发明了书的民族，终于使阅读成了一个问题。呜呼哀哉！这对谁有利呢？也许还是资本。

以上固然只是当今纷繁文学的一个面向,而且是本人的一孔之见,不能涵盖文学的复杂性;但文学作为资本附庸的狰狞面相已经凸现,我们不能闭目塞听,更不能自欺欺人。伟大的作家孤寥寂寞。快快向他们靠拢吧! 从这里出发,从现在开始……

是为序。

陈众议

2018 年 7 月 25 日于北京

4

目　录

1

I 幽默的传统

——捷克文学大花园

罗网般的世界

——读米兰·昆德拉的《玩笑》

《玩笑》是米兰·昆德拉的第一部长篇小说。据他自己介绍,发生在捷克小镇上的一件不起眼的事情激发了他的灵感:一个姑娘因为从公墓里偷花,把花作为礼物献给情人而被地方警察局逮捕。于是,一个人物形象在他眼前出现了。这个形象就是露茜娅。对她而言,性欲和爱情是截然不同,甚至互不相容的两码事。接着,她的故事又与另一个人物的故事融合在一起。这个人物就是卢德维克。他把自己一生中积聚起来的仇恨都集中在一次性行为中发泄。《玩笑》的基调就这样确定:一首关于灵与肉分裂的伤感的二重奏。

《玩笑》写得从从容容,前后花了三年左右的时间,直到1965年年底才脱稿。看得出,昆德拉分外重视这部小说。这是他作为小说家的第一次郑重的亮相。只是在疲惫的时候,他才写几个《可笑的爱》中的短篇。但写《可笑的爱》同写《玩笑》的心态有很大的反差:前者轻松,后者沉重。《玩笑》也是昆德拉所有长篇小说中最像小说的小说。

昆德拉在《玩笑》中给我们讲述了这样的故事：

卢德维克是位富有朝气的大学生，极有思想和个性，只是平时爱开玩笑。玛盖达却是个热情活泼但事事较真的女孩。这使她与时代精神天然地吻合。她年方十九，正在大学一年级学习，由于天生丽质，性格可爱，人人都喜欢她。

这是 1948 年二月革命后的第一年。共产党刚刚执政。一种崭新的生活在捷克斯洛伐克展开。夏季来临前，卢德维克开始接近玛盖达。他想通过开些玩笑来显示他的超然和练达。玛盖达去参加暑期党员训练班了。训练班打乱了卢德维克的计划。原本他打算和玛盖达一起在布拉格单独待两个星期，以便尽快确定两人的关系。玛盖达从训练班给卢德维克寄来了一封信，里面充满了对周围一切事物的激情。卢德维克觉得好笑，决定和她开个玩笑。他在寄给玛盖达的一张明信片上写道："乐观主义是麻醉人民的鸦片！健康气氛散发出愚昧的恶臭！托洛茨基万岁！"

除了一封简短的便笺，玛盖达对卢德维克的其余信件一律不予答复。她的沉默让卢德维克觉得难以承受。他几乎每天都给她写信，信中充满了恳切、爱恋的话语。他告诉她，只要能和她在一起，他愿意去任何地方，做任何事。依然没有回音。卢德维克不明白发生了什么。回到布拉格，他找到了玛盖达，同她在伏尔塔瓦河边散了会儿步。但气氛有点异常。当他第二天再往她住处打电话时，一个陌生女人告诉他，玛盖达已经离开布拉格。

开学了。卢德维克回到学校,准备投入学习和工作。就在他返校的那一天,他接到了一个电话,让他到区党委办公室去一趟。三名党委成员在等着他。他们个个神情凝重。一场审讯开始了。你认不认识玛盖达,是否一直和她通信?你对乐观主义有何看法?你为何要嘲笑劳苦人民?你认为没有乐观主义能建设社会主义吗?马克思说过,宗教是人民的鸦片。而你却认为乐观主义是鸦片。你的居心何在?就这样,一连串的问题抛给了卢德维克。卢德维克有口难辩,感到委屈和无辜。他找到党小组长泽马内克,希望他出面为他说说话。泽马内克是他的同学,十分了解他的为人。他们经常一起参加学生集会。但卢德维克绝对没有想到,在全体会议上,恰恰是泽马内克建议开除他的党籍和学籍。卢德维克在痛苦中回到家乡。

秋天来临,卢德维克被发配到俄斯特拉发一个边区兵营,每天都要从事繁重的劳动。来到兵营的都被看作党和人民的敌人。他悲哀地意识到,一切都中断了:学业,工作,友谊,爱情,理想,以及对理想和爱情的追求。一个小小的玩笑竟让他付出了如此惨重的代价。

在极度痛苦、孤寂的劳役生涯中,卢德维克邂逅了露茜娅。她身上那种单纯、普通的气息打动了他。露茜娅同样有着极为不幸的经历。卢德维克爱上了她。这是一种错综复杂的爱,更是一种安慰,仿佛灰色生活中唯一的亮点。露茜娅具有一种非凡的本领,能让他卸去任何思想包袱。

卢德维克给露茜娅写了许多信和明信片。露茜娅没有回

过一封。她没有受过多少教育，不会写信。起初，她只是羞怯
地对他表示感谢，但不久找到了一种报答他的方式：给他送鲜
花。那是他们在一块树林散步的时候，露茜娅忽然弯下身来，
摘了一朵鲜花，递给了他。卢德维克十分感动。从此，每次见
面，她都会捧来一束鲜花。

一天，卢德维克来到露茜娅的宿舍，抑制不住内心的冲动，
一把抱住了露茜娅，开始吻她，并想要同她做爱。露茜娅惊恐
万分，拼命反抗。"你并不爱我。"她对卢德维克说。从此，露茜
娅便神秘地消失了。

一晃十五年过去了。卢德维克获释后，回到大学完成了学
业，并进了研究机关工作。一个偶然的机会，他碰见了电台女
记者海伦娜。她的丈夫正是当年迫害过卢德维克的党小组长
泽马内克。一种强烈的复仇愿望在他心中油然而生。他决定
勾引海伦娜，以此来报复泽马内克。当他终于和海伦娜私通
后，却发现自己不但没有达到复仇目的，而且还帮了泽马内克
的大忙。因为，此时的泽马内克早已另有新欢，而且摇身一变，
成为反斯大林主义的英雄。这实际上是卢德维克和自己开的
又一个残酷而又悲哀的玩笑了。

就这样，卢德维克不断地陷入玩笑的怪圈之中。一切都是
罗网，这是他从人生经历中得出的结论。昆德拉指出，卢德维
克的悲剧在于玩笑的罗网剥夺了他拥有悲剧的权利。这已不
是他个人的遭遇，而是人类的普遍境况。

昆德拉常常写到笑。但昆德拉笔下的笑往往不是那种表

达单纯快乐的笑,而是苦笑或可笑,含有苦涩、讽喻、冷峻、荒唐的意味。是笑的反面。《可笑的爱》已经让我们读出了这一点。《玩笑》则将这推向了极致。明信片上的几句玩笑话,而且还包含着一丝爱意,竟引发出一连串的灾难,完全改变了一个人的命运。正因为这些灾难来自机制,来自社会和时代,个人毫无抵抗的能力,甚至连复仇都会走向它的反面。如此,笑背后的含义就达到恐怖得惊人的程度了。

小说在讲述方法上也有一些讲究。它并不像传统小说那样,按人物命运的发展来组织故事情节,没有线性的时间脉络,也没有空间的延续性。作者特意安排了四个人物讲述。除去最后一章外,每一章都由一个人物讲述,都以一个人物为中心,都是一个视角。每人讲述的肯定只是与自己相关的重要事情,展示的也自然只是中心事件的一个侧面。但将所有人物的叙述拼合在一起,小说也就完整了,中心事件和中心人物与其他人物之间的各种关系也就清楚了。在篇幅分配上,昆德拉还是有主次之分的。卢德维克,作为中心人物,占了全书的三分之二。雅罗斯拉夫六分之一。科斯特卡九分之一。海伦娜十八分之一。卢德维克处在中心位置,从内部和外部被同时照亮。其他每个人物也都被另外一束光照射。露茜娅是个特殊人物,没有自己的讲述,只是被卢德维克和科斯特卡从外面描绘。缺乏独立讲述,反而使她具有了一种不可捉摸的神秘色彩,给予读者无限的想象空间。

不同的人物,不同的视角,又会生发出不同的故事。小说因此就获得了极大的丰富性和层次感。有些章节甚至可以当作完全独立的故事来读。卢德维克和玛盖达的玩笑故事具有时代印记。卢德维克和露茜娅的爱情故事,伤感动人,涉及隐秘的心理和经历。卢德维克勾引海伦娜的复仇故事更像一个黑色幽默。雅罗斯拉夫执迷于保护民间艺术的故事则像个悲剧。它们时而独立,时而交叉,时而混合,就像一部多重奏的音乐作品,让人觉得厚重,立体,有看头。

从思想内容上而言,《玩笑》除了揭示人类一种特殊境况外,又绝对具有全面反思和清算一个特殊时代的意思。难怪它在当时的捷克斯洛伐克社会中成了一个爆炸性的声音。

昆德拉在写完《玩笑》后,怀着某种侥幸心理,将它交给了捷克斯洛伐克作家出版社。出版社的编辑虽然答应要尽力让它出版,可他心里却直打鼓,并不抱多大希望。因为《玩笑》散发出的批判精神与当时官方的意识形态大相径庭。在此期间,出版社曾同昆德拉商量,让他作一些修改,但被拒绝。宁可不出,也决不改动一个字。这就是昆德拉当时的态度。没有想到,两年后,也就是在 1967 年,《玩笑》竟然问世了,而且没有受到任何审查。连昆德拉都不敢相信。

《玩笑》出版后,引起巨大反响,连出三版,印数惊人,达到几十万册,很快便被抢购一空。在很长一段时间,它一直同捷克另一名小说家瓦楚利克的小说《斧》一道名列畅销书排行榜榜首。评论界将它当作 20 世纪 60 年代捷克斯洛伐克的重大文化事件。甚至称它唤起了整个民族的觉悟。

在众多的评论中,小说家伊凡·克里玛的话语切中了要害。克里玛说,在昆德拉的世界里,没有纯粹的因果。人处于一个他并不理解的秩序的中心。或者,即便理解,也是超出通常概念的理解。从这一点来看,这是个荒唐的秩序。在那里,没有逻辑,没有罪愆和惩罚,有的只是时间。

不久之后,《玩笑》还被拍成了电影。几乎在一夜间,昆德拉成为捷克最最走红的作家。他在捷克文坛上的重要地位也从此确定。人们认为,小说说出了许多人想说而不敢说的真实。不仅如此,《玩笑》很快便引起了世界各国的注意,被译成了法语、英语、日语等几十种语言,为昆德拉赢得了广泛的国际声誉。

1968 年 8 月,也就是《玩笑》出版后不到一年,苏联军队占领了捷克斯洛伐克。《玩笑》被列为禁书,立即从书店和图书馆消失。在东欧国家,除去波兰和南斯拉夫,它遭遇了同样的命运。全部匈牙利版的《玩笑》还没进入书店,就被捣成了纸浆。

如此背景下,西方国家对《玩笑》的兴趣就更容易染上政治色彩。许多西方评论家干脆把《玩笑》当作一部政治小说,而把昆德拉视为纯粹"出于义愤或在暴行的刺激下愤而执笔写作的社会反抗作家"。甚至到了 80 年代,在一次昆德拉作品电视讨论会上,仍有人称《玩笑》是对"斯大林主义的有力控诉"。昆德拉当时十分反感,立即插话:"请别用你的斯大林主义来让我难堪了。《玩笑》只是个爱情故事!"

西方的某些评论也许偏颇,但昆德拉的姿态也值得怀疑。

他实际上非常害怕读者片面地去理解这部作品,害怕自己的艺术性受到忽略和怀疑。然而,不管昆德拉承认与否,《玩笑》的政治性还是相当明显的。首先,小说反映的时代充满了政治氛围。人人都得歌颂新社会,歌颂新制度,否则便会被视为同政府和人民唱反调。思想必须保持统一,不许有任何个人主义苗头。其次,在明信片事件中,党委审讯,党小组表态,全体会议举手表决,最后,卢德维克被开除党籍和学籍。显然,这一事件是被当作政治事件处理的。话说回来,如果没有那种强大的政治力量,一个小小的玩笑也不会引发什么后果。第三,小说中许多内容涉及政治。比如,卢德维克所在的兵营里就几乎全是政治犯。甚至还有画家因为立体派画作被收容了进来。所有这些不是政治,又是什么呢?捷克剧作家瓦茨拉夫·哈韦尔说过:对政治的批评本身就是一种政治。同样,我们可以说:对政治的揭露本身也是一政治。

在国际上对《玩笑》的一片评论声中,最最著名的是法国作家路易·阿拉贡为该小说的法文版所写的前言。他称《玩笑》是20世纪最杰出的小说之一。由于阿拉贡的特殊地位,这篇前言引起了世界性的轰动。阿拉贡不仅是超现实主义运动的著名人物和大小说家,而且还是法国共产党中央委员会委员,在党内担任要职。他在《前言》特别强调:"我们必须阅读这部小说。我们必须信赖这部小说。"

然而,对于昆德拉而言,阿拉贡的赞美到最后又成为一种尴尬。原因就在于阿拉贡本人。昆德拉清楚地记得,1968年秋天，他在巴黎逗留期间，曾去拜访过阿拉贡。当时，这位法国大作家正在接待两个来自莫斯科的客人。他们竭力劝说他继续保持同苏联的关系。阿拉贡对苏联入侵捷克斯洛伐克表示极大的愤慨。他断然告诉他们，他再也不会踏上俄国的土地了。"即使我本人想去，我的双腿也不会同意的。"阿拉贡说。在场的昆德拉对他极为敬佩。没想到，四年后，阿拉贡就去莫斯科接受了勃列日涅夫颁发的勋章。

这仿佛又是一个玩笑。一个更大的玩笑。

帅克，一个真正的英雄

——读哈谢克的《好兵帅克》

在谈论捷克作家哈谢克之前，我想特别简要地回顾一下捷克文学走过的路程。这无疑有助于我们更好地了解哈谢克在捷克文学中的地位。

说起捷克，我们往往会想到一个如今十分时髦的词儿：波希米亚。波希米亚实际上是捷克的一个地区，捷克人的祖先就生活在那里，久而久之，它也就成了捷克的别称。位于欧洲中部的捷克已经有一千多年的历史了。但严格意义上的捷克文学始于 14 世纪，同一个皇帝及他创立的大学有关。那就是查理一世，帝号为"查理四世"。查理四世实现了捷克国王成为神圣罗马帝国君主的梦想。他于 1348 年在布拉格创办的查理大学让他获得了不朽的声名。在捷克无数作家、学者、教育家和政治家的生平中，查理大学将是一个不断被提到的名字。

著名的宗教改革家杨·胡斯就曾在查理大学攻读过哲学，后来还成为查理大学的校长。他赞同并传播英国教士威克里夫的教义，主张没收教会的财产，坚决要求宗教改革，得到广大民众的拥护。这自然会引起教会的仇视。1414 年,在康斯坦茨会议上,他遭到逮捕,并被以散布异端邪说罪判处火刑。捷克民众,尤其是那些胡斯派信徒愤怒了。一场捍卫胡斯宗教改革的战争很快便打响了。为了制服这个桀骜不驯的弱小民族,罗马教皇竟先后发动了五次十字军征讨。这场悲壮的战争持续了整整十五年之久。这就是举世闻名的"胡斯战争"。它对捷克历史影响深远,成为捷克民族的精神支点,也成为捷克文学艺术的精神源泉。

从 16 世纪开始,捷克一直处于哈布斯堡王朝的统治之下。白山战役后,有一百多年的时间,哈布斯堡王朝确立德语为国语,禁止捷克语通行,焚毁捷克书籍,强迫捷克居民改奉天主教。人们称这段历史为捷克的"黑暗时代"。在此情形下,捷克文学基本处于受压制状态,没有太多的亮点。杨·阿莫斯·夸美纽斯虽然写出了《世界的迷宫和心灵的天国》等文学著作,但他更大的成就是在教育方面,他也因此享有"欧洲教育之父"的美誉。

18 世纪末叶至 19 世纪上半叶,捷克兴起了大规模的民族复兴运动。在这场运动中,文化发挥了举足轻重的作用。诗歌、戏剧和小说也因此有了生长的机会和空间。卡·希·马哈凭借抒情叙事长诗《五月》,成为捷克诗歌的奠基者。约·卡·狄尔以历史剧《杨·胡斯》和童话剧《斯特拉科尼采的风笛手》为捷克戏剧拉开了帷幕。而女作家鲍·聂姆曹娃则被誉为捷克小说的代表人物。她的中篇小说《外祖母》已成为捷克文学中的经典。

在 19 世纪的捷克文学中，聂鲁达是一个特别值得我们记住的名字。杨·聂鲁达是诗人、小说家、小品文作家和社会活动家。他创作的《墓地之花》《宇宙之歌》《民间故事诗与浪漫曲》等六部诗集使他成为捷克现代诗歌的奠基者。他的短篇小说集《小城故事》以灵活多样的手法描绘了极富地方色彩和特殊韵味的布拉格小城区生活，塑造了一批生动饱满的小市民阶层人物，被公认为捷克 19 世纪最重要的小说作品。他还喜欢周游世界，曾游历欧、亚、非等几十个国家，每次出访都会留下一些有趣的文字。小品文在他的创作中占有特殊位置。他一生写下的小品文难以计数。将小品文提高到文学艺术的高度是聂鲁达对捷克文学的另一大贡献。他的小品文丰富、自然、幽默、生动，有时也不乏激烈和尖锐，从中你可以见到各种各样的人物，听到各种各样的声音，感受到各种各样的生活。民族复兴时期著名的历史学家帕拉茨基称赞道："没有让民族灭亡，而是使它起死回生并向它指明崇高目标的是捷克作家。"

20 世纪伊始，西欧各种文学思潮和流派传入捷克。第一次世界大战后，捷克和斯洛伐克两个民族摆脱了奥匈帝国的统治，并于 1918 年 10 月 28 日成立了捷克斯洛伐克共和国。这就是捷克作家们通常所说的第一共和国。这一重大事件直接影响到了捷克文学的生存和发展。正是在这一时期，捷克文学奇迹般地出现了前所未有的繁荣。在短短的几十年里，哈谢克、恰佩克、万楚拉、塞弗尔特等一大批我们熟悉的作家凭借自己独特的作品把捷克文学提升到了欧洲高度。旋覆花社等重要文艺团体也以各自的姿态丰富了捷克的文化和社会生活。此外,我们千万别忘了,还有一些在捷克境内生活和写作的德语作家,其中就有小说家卡夫卡和诗人里尔克。卡夫卡一辈子都没离开过布拉格。他们的存在使得捷克文学呈现出一种有趣的格局:既有哈谢克的传统,也有卡夫卡的传统。

可惜,捷克文学这一蓬勃发展的进程却被一场巨大的灾难打断了。1938年10月,德国、意大利、英国和法国四国签订了慕尼黑协定,将捷克出卖。1939年春天,希特勒军队占领捷克斯洛伐克。捷克又一次丧失了独立。几个月后,第二次世界大战开始。恐怖在捷克大地上蔓延。作家和艺术家们也在劫难逃,尤其是那些有强烈反法西斯意识并积极参加反法西斯斗争的作家和艺术家。他们的作品难以发表。还有成批的作家和艺术家被关进集中营。伏契克、万楚拉等作家就这样倒在了法西斯的枪口下。伏契克的《绞刑架下的报告》让我们看到了一位捷克作家的英勇而又悲壮的形象。

如此看来,在哈谢克之前,捷克文学历史不算太长,底子不算太厚,优秀作品也不算太多,甚至都没有自己的史诗。因此,哈谢克和他的《好兵帅克》的出现,对于捷克文学,有开拓和建设意义。

《好兵帅克》是本有趣的书。我们通常称它《好兵帅克》。其实,它的全名叫《好兵帅克在第一次世界大战中的遭遇》。也有人将它译为《好兵帅克历险记》。主人公自然就是帅克。

关于帅克,作者雅罗斯拉夫·哈谢克介绍道:"你可以在布拉格街上遇到一个衣衫破旧的人,他自己压根儿就不知道,他在这伟大新时代的历史上究竟占有什么地位。他谦和地走着自己的路,谁也不去打扰,同时也没有新闻记者来烦扰他,请他发表讲话。你要是问他尊姓,他会简洁而谦恭地回答一声'帅克'。"

显然,这是个平凡得不能再平凡的人。可在哈谢克看来,这个平凡得不能再平凡的人却是一个被埋没的英雄。因此,他就要讲讲这位被埋没的英雄在世界大战中的事迹。

几乎从第一页,帅克的形象就给了我们特别的冲击:首先让我们目瞪口呆,然后又让我们捧腹大笑。这是个胖乎乎的、乐呵呵的、脑子似乎总有点不大对劲的捷克佬。在生活中,他也许并不起眼。可作为小说人物,就有太多的看头了。吸引我们的恰恰是他的呆傻,他的纠缠,他的滑稽,他的喋喋不休,他的一本正经的发噱,他的种种不正常……

他对什么都满不在乎。他会微笑着听别人宣布他是个大白痴。甚至很乐意被人送进疯人院。对疯人院生活,他竟然赞叹不已:"在那里就跟在天堂里一样快活。你可以使劲喊,大声吼,可以哭嚎,可以学羊咩咩叫,可以起哄吹口哨,可以蹦蹦跳跳,可以做祷告,可以爬着走,可以踮脚跳,可以翻跟头,谁也不会走来对你说:'不许干这个,先生,这不像话,你该感到害臊,这哪像个有教养的人啊!'我真不明白,那些疯子被关在那里为

16

什么要生气。"帅克觉得,疯人院才是地地道道的自由天地和理想世界。

表面上,他对皇上绝对的忠心耿耿。要打仗了。他的风湿病正在发作。可他依然买了一朵光荣花和一顶军帽,坐上一张借来的轮椅,由他的女用人米勒太太推着去从军,并表示就是粉身碎骨也要效忠皇上。可在部队里,他又是怎样效忠皇上的呢?总是在添乱,出岔子,"好心"办坏事,不时地还会让上司出点洋相。第一天到卢卡什上尉家当勤务兵时,他想让猫和金丝雀熟悉熟悉,结果猫把金丝雀给吃掉了。为了满足上尉养狗的愿望,他竟将克劳斯上校家的狗偷来,害得上尉遭受了一通羞辱。上尉嘱咐他给卡柯尼太太送封情书,他却把情书直接送到了卡柯尼先生手中。当卡柯尼先生暴跳如雷时,帅克一把夺过情书,吞进了肚里,声称情书是他写的。这样的故事差不多随时都会发生。他还是个特别能瞎扯的家伙,只要和他对话,他就有本事扯到十万八千里,直到把你扯晕了为止。最后,卢卡什上尉见到他就像见到了瘟疫,无论如何都不敢留他在自己的身边了。

帅克是出于弱智才捅出如此众多的乱子的吗?我看到读者会心地笑了。实际上,他自己在某种场合说的话已经泄露了天机:"这种愚蠢的专制王朝根本就不该在这世上存在!只要我一上前线,就会叫它咽气的。"哈哈,原来他是在以自己的方式干预世界大战哩。他绝不是什么白痴,而是个真正的英雄。或者,就是捷克人所说的"聪明的傻子"和"天才的傻子"。

除帅克外,还有一群生动的人物。最好玩的就数巴伦了。他就像得了馋嘴病似的,总是不断地要偷点东西吃。他自己告诉帅克,有一次,他老婆去朝圣时,他家的鸡便少了两只。还有一次,他的孩子正在为他祈祷,他忽然在院子里看到了一只火鸡。火鸡的命运可想而知了。但就在吃鸡的时候,一根鸡骨头卡住了他的喉咙,幸亏他的小徒弟把它弄了出来。那个小徒弟,个儿小小的,胖乎乎的,又白又嫩。帅克走到巴伦跟前说:"把舌头伸出来给我看看。"巴伦伸出了舌头,帅克嚷嚷道:"我看出来了,你准是把那个小徒弟也吃了!"这样的情节实在令人难忘。

《好兵帅克》共分"在后方""在前线""光荣的败北"以及"光荣的败北续篇"等四卷,长达六百来页,却几乎没有什么中心情节,有的只是一堆零碎的琐事,有的只是帅克闹出的一个又一个的乱子,有的只是幽默和讽刺。每个字都透着幽默和讽刺。可以说,幽默和讽刺是哈谢克的基本语调。正是在幽默和讽刺中,战争变成了一个喜剧大舞台,帅克变成了一个喜剧大明星,一个典型的"反英雄"。

看得出,哈谢克在写帅克的时候,并不刻意要表达什么思想意义或达到什么艺术效果。他也没有考虑什么文学的严肃性。很大程度上,他恰恰要打破文学的严肃性和神圣感。他就想让大家哈哈一笑。至于笑过之后的感悟,那已是读者自己的事情了。这种轻松的姿态反而让他彻底放开了。这时,小说于他就成了一个无边的天地,想象和游戏的天地,宣泄的天地。

就让帅克折腾吧。折腾得越欢越好。借用帅克这一人物,哈谢克把皇帝、奥匈帝国、密探、将军、走狗等统统都给骂了。他骂得很过瘾,很解气,很痛快。读者,尤其是捷克读者,读得也很过瘾,很解气,很痛快。幽默和讽刺于是又变成了一件有力的武器。而这一武器特别适用于捷克这么一个弱小的民族。哈谢克最大的贡献也正在于此:为捷克民族和捷克文学找到了一种声音,确立了一种传统。法国《理想藏书》的编著者皮沃和蓬塞纳说:"士兵帅克不仅是捷克人精神和抗敌意志的永恒象征,而且还是对荒诞不经的权势的痛彻揭露。这位反英雄是幽默的化身,而这幽默是对我们千变万化的时代的唯一可行的应答。"

帅克当然只是个文学形象,幽默,夸张,有时又显得滑稽,充满了表演色彩,属于漫画型的。但在他的身上我们还是可以看到哈谢克的不少影子。哈谢克的老朋友、捷克著名画家拉达回忆:"哈谢克给人的印象像是一个较富裕人家的、不怎么爱动脑子的子弟,脸上无须,憨厚质朴,有着一双诚恳坦率的眼睛。与其说他像一位天才的讽刺家,不如说他像一个天真无邪的高材生。"可只要他一说话,他的形象立即就改变了。拉达说,他幽默极了,"他的幽默对我来说像盐一样可贵,以至于稍久一点见不到他,我就深感难受"。

雅罗斯拉夫·哈谢克 1883 年 4 月 30 日出生于布拉格。父亲是中学教师。由于家庭氛围的缘故,哈谢克从小就喜爱读书写字。小学未毕业就因成绩优异被保送到中学学习。上中学时,捷克著名历史小说家伊拉塞克当过他的班主任。伊拉塞克的爱国主义思想对哈谢克有着深刻的影响。在当时的反对奥匈帝国的示威游行中,人们就看到了中学生哈谢克的身影。十三岁时,哈谢克失去了父亲。从此,跟随母亲过着极为清寒的生活。贫困最终使他不得不辍学,小小年纪就到一家杂货铺当起了学徒。后来,他又进过一所商业专科学校学习。毕业后,在银行谋到一个小职员的位子。但他天性自由、散漫,忍受不了刻板、灰暗的工作和生活环境,上班没几个月就丢弃工作,抛离家庭,出去流浪了。他身无分文,徒步行走,一边乞讨,一边周游祖国大地,还在中欧一些国家留下过自己的足迹。正是在流浪生涯中,他广泛了解了底层人民的生活疾苦,亲眼看见了种种社会不公,并积累了大量的民间智慧和创作素材。他因为闹事、侮辱警察、参加无政府主义者组织的游行而多次被关进监狱。有一回,还曾因假装跳河自杀而被巡警送进疯人院。

　　捷克作家大多有泡酒馆的喜好。哈谢克也不例外。他常常在那里喝酒,聊天,讲述各种趣闻轶事,也听到了无数趣闻轶事。这些趣闻轶事不少都糅进了他的作品中。1911 年,帝国大选时,他还组织过一个党,名称很滑稽,叫"在合法范围内的温和进步党",自任主席,打着竞选议员的旗号,到各种场合发表演说,尽兴发挥他的幽默和讽刺才能。他也确实在奥匈帝国的军队里当过兵。《好兵帅克》里的不少人物都确有原型。比如卢卡什、扎格纳和万尼克等等。后来,哈谢克"神秘失踪",自愿成为俄国人的俘虏,随后加入了苏联红军,成为一名共产党员,还当上了苏联红军干部,担任过红军政治部国际组组长。据说,他还曾结识过一位参加十月革命的中国将军,并跟他学会了八十个中国字。

如今,幽默讽刺小说《好兵帅克》已被译成六十多种文字,在世界众多国家和地区广为流传,可算得上名副其实的世界名著了。书中那个用捷克诗人、1984 年诺贝尔文学奖得主塞弗尔特的话来说,"胖乎乎、性格外向、绝对不懂得粉饰现实"的大兵帅克得到了一代又一代人的喜爱,丰富了一代又一代人的生活和记忆。无疑,他已成为世界文学史上最生动可爱的文学人物之一。哈谢克也因他所创造的这个不朽的人物而进入不朽了。1982 年,联合国教科文组织将他确认为"世界文化名人"。然而,难以想象的是,帅克这个不朽人物却是在连一丝一毫的清静和郑重都没有的气氛中诞生的。

那是 1921 年一个夏天的夜晚,刚从俄国回到捷克不久的哈谢克忽然出现在布拉格一家酒馆里。这家酒馆离他的住处不远。不少在场者惊讶地发现,他只穿了件衬衫,趿着拖鞋,提着裤子,真正是邋遢到家了。他连忙告诉大家说他老婆舒拉把他的皮鞋、背带和外套统统锁了起来。了解哈谢克的人立马会心地笑了起来。他们明白这是舒拉不得已才采用的一种非常措施,因为哈谢克生性好动,喜欢游荡,常常一出家门便不知何时回家。妻子病了,他要去药房买点药,顺便来酒馆遛遛,随身还带了个酒瓶,打算捎瓶酒回去。酒还没灌满,第一杯啤酒还没喝完,他就玩起了台球。三杯啤酒下肚后,他想起了舒拉,下了下决心,说怎么也得去买药了,因为老婆会着急的,至于酒瓶嘛,就先放在酒馆里,等他买药回来时再取。但他压根儿没有回来。几天后,舒拉敲开哈谢克一个朋友家的大门,气冲冲地问哈谢克在哪儿。原来,打从出去买药后,哈谢克就一直没有回家。

一个星期之后,他终于回家了,手里提着一瓶酒,但药连影儿也没有。反正药也不需要了,舒拉的病早就好了。

这段时间里,哈谢克衣冠不整地在布拉格城到处溜达,进了一家又一家酒馆,身上不多的几块钱花完后,他便在阵阵喧闹声中,在一帮贪杯的哥儿们中间写了满满一练习本的《好兵帅克》。他伏在桌子一角写稿,写完几十页后就让一个朋友送去交给出版商,换取几个克朗。这样,至少这一天他就又有酒喝了。等到钱用完后,他就提笔再写。

就这样,为了挣钱买酒喝,哈谢克写起了《好兵帅克》。但由于长期酗酒及不规律的生活,他的健康状况日益恶化,最终未能完成这部长篇巨著。1923 年,哈谢克因病辞世,年仅四十岁。这实在是一个遗憾。哈谢克其实与卡夫卡属于同时代人,甚至还算得上街坊,可布拉格的两位大师,却好像隔着一座山似的,从未走到一起。这不能不说是另一个遗憾。

温暖的纪念

——读赫拉巴尔的《河畔小城》

读赫拉巴尔,不禁想到哈谢克。总觉得他们志趣相投,气脉相似。他们都将目光投向了平凡的人。他们都善于使用幽默和讽刺这一有效的手法。

赫拉巴尔心仪并继承了这种幽默的传统。他承认他是哈谢克的传人。但仅仅继承,显然不够。继承时所确立的自己的声音,才是赫拉巴尔的魅力所在,才让赫拉巴尔成为赫拉巴尔。由中国青年出版社推出的《河畔小城》再一次让我确信了这一点。

《河畔小城》由《一缕秀发》《甜甜的忧伤》和《哈乐根的数百万》三部曲组成,具有浓厚的自传色彩。相对于《过于喧嚣的孤独》的集中和密集,相对于《严密监视的列车》的紧张和快速,相对于《巴比代尔》的荒诞和变形,《河畔小城》更加从容、松散、自然,仿佛作家就坐在你的面前,贴着你的心灵,娓娓讲述着一段段美丽的时光。它更像我们所理解的散文或回忆录,而不是小说。事实上,在西方文学中,散文和小说也的确没有严格的界限。这一回,时间定在 20 世纪二三十年代,背景设在作者的家乡尼姆布尔克,一座河畔小城。这一回,笔下是他的家人和乡亲,依然是些普通百姓。赫拉巴尔从来只写普通百姓,特殊的普通百姓。他将这些人称为巴比代尔。巴比代尔是赫拉巴尔自造的新词,专指自己小说中一些中魔的人。他说:"巴比代尔就是那些还会开怀大笑,并且为世界的意义而流泪的人。他们以自己毫不轻松的生活,粗野地闯进了文学,从而使文学有了生气,也从而体现了光辉的哲理……这些人善于从眼前的现实生活中十分浪漫地找到欢乐,因为眼前的某些时刻——不是每个时刻,而是某些时刻,在他们看来是美好的……他们善于用幽默,哪怕是黑色幽默,来极大地装饰自己的每一天,甚至是悲痛的一天。"这段话极为重要,几乎可以被认作是理解赫拉巴尔的钥匙。

巴比代尔不是完美的人,却是有个性、有特点、有想象力、有各种怪癖和毛病的人。兴许正因如此,他们才显得分外的可爱、饱满,充满了情趣。《河畔小城》中的母亲和贝宾大伯就是典型的巴比代尔。

母亲一头秀发,浑身弥散着野性,蔑视规矩和体统,喜欢奇遇、偶然性和突发事件,时常沉湎于浪漫的想象。当丈夫在书写时,她总有一个印象:"弗朗茨那些大写字母是按我的头发样子写出来的,是我的头发给了他灵感。他总是观察我的头发。我的头发喷发出火花。我从镜子里看到,晚上我在哪儿,我的头发和发型总是比一盏灯还要亮。弗朗茨用那活动圆珠笔写

24

下开头的字母,然后拿起柔软的笔,根据印象,轮流蘸上绿色、蓝色和红色的墨水,在第一个字母周围,开始描绘我那耸起的波浪式头发,就像亭子附近的灌木丛一样。"表面上,母亲整天疯疯癫癫,咋咋呼呼,常常做出一些让丈夫哭笑不得的事情,可内心,她却富有爱心,温柔而又善良。她心疼她的丈夫,深知他"最大的操心事就是我。从他第一次见到我的时候起,就无形地背负着我,一个无形的但毕竟又是具体的背囊,一天比一天沉重"。她也有多愁善感的时刻。当她最后让人剪去她的长发时,"闭上眼睛,下巴低到胸前,哭了起来"。于她,这意味着剪去了一个时代,剪去了一个标志。可无论多么痛苦,她也愿以此方式开始新的生活。

贝宾大伯则以这样的形象出现在我们面前:"人行道那儿站着一个人,头戴椭圆小帽,有条纹的马裤塞在蒂罗尔式的绿色长筒袜里,鼻子上翘着,背着军用包。"他说起话来"嗓音如雷,像旗帜在空气中抖动,像军官发布口令,每个字都使弗朗茨像触电一样。"赫拉巴尔塑造的人物中,我觉得贝宾最最接近帅克,有漫画的色彩。同帅克一样,他也常常出点洋相,也特别能瞎扯,只要和他对话,他就有本事扯到十万八千里,直到把你扯晕了为止。他喜欢寻欢作乐,却也时常遭人欺负。本质上,又极为孤独。

三部曲中,《甜甜的忧伤》让我爱不释手。小说包含二十三个章节。每一章节都是个相对独立的故事,都是篇优美、隽永的散文。孩子的视角天真,好奇,不加掩饰,也无所顾忌,让这些文字充满了迷人的气息和丰富的感觉。简直就是一幅小城全景图。读完这些故事,我们大概很难忘掉"我"背上的美人鱼,很难忘掉"我"想当个无业游民的真实志向,很难忘掉"我"眼中的父亲、母亲和贝宾大伯,很难忘掉那只深夜栖息枝头的黄鸟,很难忘掉一刀砍掉自己左手的教父……有些故事让我们会心一笑,有些让我们唏嘘不已,有些让我们无比温暖,有些则让我们潸然泪下。欢乐和忧伤,温馨和冷酷,无辜和丑恶,这些故事中,都有。我总记得书店老板富克斯的形象。他不只是一般地卖书。他会先问你买此书的目的,接着给你上一堂有关此书的课,然后才卖给你。"遇上宝贵的书,他便不舍得卖掉,如果非卖不可,他便让人从布拉格寄来同样一本书摆到货架上。"作者有关他眼睛的描绘极其生动、传神。"这是一双大眼睛,只是眼珠子有点移位,就像我爸爸那辆 403 型斯柯达汽车上没有调整好的一对前灯:一个照着壕沟,另一个却照着天上。"而他用这双眼睛"一只看着最高处的永恒,另一只看着地面"。

赫拉巴尔的小说情节淡化,细节却十分突出,语言也极有味道。这来自他的生活积累,也是他刻意的艺术追求。你很难相信,他在小学和中学,作文总是不及格。他硬是通过生活闯进了文学殿堂,并成为捷克当代最受欢迎的作家。"对于我来说,最重要的是生活、生活、生活,观察人们的生活,参与无论哪样的生活,不惜任何代价。"

深入作品,我们发现,赫拉巴尔和哈谢克有着许多相同,更有着诸多不同。哈谢克像斗士,无情、英勇,总是在讽刺、在揭破、在游戏、在痛骂、在摧毁。赫拉巴尔则像诗人,总是在描绘、在歌咏、在感慨、在沉醉、在挖掘。哈谢克的幽默和讽刺,残酷、夸张,像漫画。赫拉巴尔的幽默和讽刺,温和、善良,贴近生活和心灵。读哈谢克,我们会一笑到底。而读赫拉巴尔,我们不仅会笑,也会感伤,甚至会哭。赫拉巴尔还满怀敬爱,将语言和细节提升到了诗意的高度。这既是生活的诗意,也是小说的诗意。因而,在赫拉巴尔逝世十周年(2007 年)之际,让中国读者读到他的《河畔小城》,实在是种亲切而温暖的纪念,最最好的纪念。

时间停止了的小城

——再读赫拉巴尔的《河畔小城》

　　读赫拉巴尔,总是种享受。正因如此,当中国青年出版社推出他的《河畔小城》中文版时,我几乎在油墨香中迫不及待地捧起了这本书。

　　《河畔小城》包含赫拉巴尔的三部长篇小说:《一缕秀发》《甜甜的忧伤》和《哈乐根的数百万》,它们均以作家的故乡尼姆布尔克为背景,有浓郁的自传色彩。

　　同赫拉巴尔的大多数作品一样,《河畔小城》没有什么中心情节,有的只是一些自言自语,一幅幅画面和一个个细节。都是些精心捕捉的画面和细节,源自生活,更确切地说,源自被作家的目光照亮的生活。它们冲击着你的视线和心灵,引发你的欢乐、你的忧伤、你的共鸣。

　　小城就在这样的画面中显现:"教堂的钟声回旋在这朦胧的秋日黄昏之中,人们从各个店铺里走出来,大家都因这黄昏而变得更美。我喜欢这亮着煤气灯的小城,我喜欢跟在朗博乌塞克先生后面走过大街小巷。他总是那样兴致勃勃地在每盏路灯架前举起那根带钩的长竹竿,就那么一拉,夜幕降临中的小城的煤气灯便一盏盏地亮起来。一开始,那瓦斯喷灯还一晃一晃的,慢慢地,那黄里泛绿的灯光便放射出来,照亮四方。朗博乌塞克先生就这样走遍小城,在他前面是漆黑一片,在他身后便是明亮的灯光。"

这近乎田园诗般的画面,有一种特别的魅力,古典,恒久,动人心魄,那是小城的魅力,也是赫拉巴尔的魅力,优美得让你沉醉,让你生出诗意的向往。

在这样的诗意中,你能感受到作家的激动。是生活让他激动。是生活让他期望和冲动。"可以说,我的写作永远源于我真实的期望和冲动。它们驱使我坐到打字机前,写下外界发生的事,那些震撼我心灵的事,写下伟大想象力的证词。"他说。

这也是他总是注视生活的缘由。几乎所有时间都用来注视。漫步,泡酒吧,频繁更换工作,都是为了注视。长久、深入的注视。一生的注视。母亲那一缕秀发便是注视的结果:"理发店门口已是熙熙攘攘的人群,大家都盯着我那散发出菊花清香的头发。我踩上踏板,博加先生跟着我跑,手捧着我的头发,怕它卷进链条或钢丝里去。当我加速骑车时,博加先生就把我的头发往上空一扔,好像星星升上天空,风筝浮在大气中。他喘着气走回店里,而我骑着车往前走,头发在身后飞飘。我听到头发的飕飕声,好像丝绸和衣服的窸窣声、铁皮屋顶上的雨滴声、维也纳烤猪排的嗞嗞声。"

　　读到这个细节时，我不禁发出会心的笑声，为它的生动，也为它的情趣。这就是生活的诗意。这就是生活的伟大想象力。而有些画面和细节又是那么忧伤，有时甚至残酷。在《甜甜的忧伤》中，我总忘不了人们屠杀绵羊的细节："人们将它仰面按在锯木架上的两块板子之间，羊儿伸出脖子，屠刀闪闪发光，一刀下去，鲜血喷射。最后一只挨屠宰的羊，身后还跟着一只小羊羔。当母羊已被按着仰天躺在木板上时，小羊羔还跳上去吃它母亲的奶。可是屠夫们狠狠一刀捅进了这最后一只羊的喉咙，而小羊羔还在吃它母亲的奶。"赫拉巴尔在处理这一细节时，只是描述，没有任何评论。但描述已足以表现那种忧伤和残酷。忧伤和残酷让你落泪。这是细节的力量。忧伤和残酷，是生活的另一种真实，另一种诗意。

　　而画面和细节里自然少不了人物，一些普通的人。赫拉巴尔只写普通的人。将普通的人写得不普通，便是他的艺术。也是小说的艺术。他特意为他笔下的普通的人造了个词：巴比代尔。巴比代尔也就是中魔的人。无论处于何种境遇，他们都还会开怀大笑，还会意识到世界的意义，并为世界的意义流下热泪，还会用幽默或者反讽去装点自己的每一天。他们常常自言自语，或自得其乐，又极为喜欢神侃神聊。在别人看来，这些人绝对有点疯癫，有点失常，有点夸张，不够体面，不合情理，有明显的毛病和缺陷，可他们却富有灵感和想象力，富有热情和浪漫情怀。有时，他们的毛病和缺陷，也正是他们的可爱，也正是生活的可爱。

贝宾大伯、弗朗茨、那三位旧时代的见证人，都是典型的中魔的人。

瞧瞧贝宾大伯的一个镜头："当贝宾大伯将没啃完的猪尾巴放回碟子里，用他那油腻的手拿起钢笔往账本上签字时，公猫采莱斯廷突然跳过来，叼起猪尾巴钻进了床底下。贝宾大伯一见这情形，便像守门员扑救险球一样也钻进了床底下。"一场人猫大战就这样展开了。当贝宾大伯最终从床底下爬出来时，他得意地抖动着夺回的猪尾巴，大声宣布："奥地利士兵永远都是胜利者！"

让人捧腹大笑的幽默情形。同哈谢克、塞弗尔特、昆德拉、克里玛等众多捷克作家一样，赫拉巴尔也十分看重幽默和笑，把它们视作捷克文学的珍贵传统。他说："幽默和笑是最高的认识，痛苦的事件变成怪诞场面，成为一件轶事的隐射和暗喻。"

作为啤酒厂总管，弗朗茨的唯一爱好就是拆卸和组装汽车发动机。汽车出故障时，他拆卸并组装。汽车不出故障时，他也拆卸并组装，以便找出它的功能如此之好的缘由。一辈子都在拆卸并组装。这简直就是魔怔。每到周末，小城的所有人都会躲着他，因为他随时随地都有可能抓住你，让你当他的下手，帮他拆卸并组装汽车。一干就是一天。谁也受不了，他却无比的快乐。每每装配好汽车后，他仿佛恢复了元气，挺起胸，"显得神采奕奕"，幸福地舒口气。而他的助手却"脸色苍白，眼睛下面出现了黑圈，走路跟跟跄跄"。

在《哈乐根的数百万》中，那三个旧时代的见证人总在滔滔不绝地说，争先恐后地说。在时间停止了的小城，唯有他们在说，唯有"我"在自言自语。整部小说基本上就是他们的神聊和"我"的自言自语。这些神聊和自言自语充满了怀旧和幽怨的意味。其中呈现的许多画面和细节具有浓厚的黑色幽默的色彩。《哈乐根的数百万》这支曲子更加重了这种怀旧和幽怨的气氛。尾声也耐人寻味，故意混淆和颠覆，让你难辨真假。"我"一生演过太多的角色，都不知自己到底是在戏中还是戏外了。这一切究竟是梦，是戏，还是真实？也许人生恰恰如梦，如戏。谁说得清呢。

《河畔小城》的三部小说，各自独立，又彼此关联。它们是三个角度，三种语调，三种味道，三种境地。我总觉得它们都有一个共同的主角，那就是时间。在三部小说中，时间露出三副不同的面孔：欢快、甜甜的忧伤和悲哀。时间时而流淌，时而又停止。在时间停止了的小城，我们读到的是回味，是缅怀，也是哀悼。时间终究卷走了一切。挡也挡不住。于是，只有那些瞬间，那些画面，那些人物，偶尔还能温暖我们的记忆。那种田园的、诗意的、古典的小城景致，那些率真的、古朴的、精神的小城人物，在现今时代，已很难遇见。于是，写《河畔小城》，于赫拉巴尔，也就成为一种仪式：同过去的告别，怀着错综的心情。

一曲梦幻和激情交织而成的人性之歌

——读卢斯蒂格的《白桦林》

浓缩，紧张，火热，暧昧，情色，激情，大胆，神秘，忧伤，忧伤中，又有一种赤裸的美和扣人心弦的诗意……读完《白桦林》（杜常婧译）后，我似乎有点失语了，竟不知道如何形容捷克小说家阿诺斯特·卢斯蒂格的这部长篇小说。我只知道，这是部好看的小说。它能牢牢抓住你的目光和呼吸。它能让你一口气读完。而好看的小说往往都是超越形容的。

《白桦林》格局并不大。故事似乎也相对简单。时间在第二次世界大战后，在新旧制度更换之际。地点在捷克某个荒芜地带中的兵营，紧挨着一个农场，面前有一个"山岗"。由于可望而不可即，"山岗"成了某种象征，充满了秘密，让人心向往之。此外，它还像界线，这边和那边，全然是两个世界。人物是捷克某部某辅助技术营的二十八个大兵，再加上他们的指挥官大尉和农场姑娘。故事主要发生在夜间。因而一切都是隐隐约约的，一切都是模模糊糊的。小说中的这些人物几乎都没有名字，只有绰号，或身份。"麦基克""猴猴""检察官""牧师""茨

冈人""文身""索姆拉克""伽利略""荷兰人""犹大""十九岁"、
大尉、姑娘等等。他们仿佛都被剥夺了名字,被剥夺了最基本
的权利,成了某种符号和牺牲品。

辅助技术营带有强制劳动改造的性质。这是特殊时代的
特殊产物。二十八个大兵因各种各样所谓的"问题"被集合到
了一起。在那个特殊年代,他们都是些"政治上不可靠的人"。
他们每天都要从事繁重的劳动。他们个个身强体壮、精力旺
盛,但在监视下,在藩篱中,却无法过上正常的生活,只好斗殴,
斗嘴,偷偷地喝酒,偷偷地唱歌,偷偷地说笑,偷偷地寻找各种
方式宣泄,或发泄。这时,一位十七岁的姑娘出现在了他们面
前。而且这又是位异常奔放、大胆、有裸露癖的姑娘。她有着
"汹涌的乳房",会用"嘴唇和整个身体、双腿、手臂、胸脯笑"。
关于她,有着种种传言。其中之一:"一次人们看见她赤身裸体
地骑着马,午夜过后在薄雾迷蒙的黎明时分回到农场,很可能
是迷路了。薄雾缠绕着她和那匹马,她时近时远,如同雾一般
游动。"这样的传言让姑娘像谜,更像诱惑,挡不住的诱惑。当
姑娘和这些大兵相遇时,一如干柴遇到了烈火。一场狂欢和爆
发在所难免。而狂欢和爆发就有可能导致极端情感和极端后
果。这种极端情感混杂着喜欢、责任、冲动、反叛、男子汉气概
和隐秘的道德感等因素,是一种极为复杂的情感,而不单纯是
爱。最终,"十九岁"就陷入了这种极端情感和极端后果。他要
带着这个姑娘逃离。而逃离,在那个特殊时代和特殊环境中,
意味着不堪设想的代价。

正因如此，这个故事看似简单，实则极端。而极端故事自然就会生出许多的由头和看头，有着种种的复杂性，涉及社会、政治、心理等诸多的问题，围绕着人性这一大的主题。这是小说家卢斯蒂格的策略。这也让他获得了不少挖掘和呈现人性的路径。其中，性或身体意识，便是条有效的路径。极端故事，极端故事中的性或身体意识，犹如一道强光，最能照亮人性和反映人性。倘若仅仅停留于性或身体意识，那卢斯蒂格顶多只能算是个通俗作家。可他将性或身体意识，提升到了诗意的高度、灵魂的高度，提升到了人类尊严和自我认知的高度。这是《白桦林》的可贵品质和价值所在。

捷克文学有鲜明的混合和交融的特征，自上世纪初以来，出现了两种基本传统。一种是哈谢克确立的幽默、讽刺的传统。另一种是卡夫卡创造的变形、隐喻的传统。这两种传统深刻影响了一大批捷克作家。昆德拉、赫拉巴尔、克里玛、塞弗尔特、霍朗等都是在这样的影响下成长起来的。卢斯蒂格自然也是。更为重要的是，他们在影响和交融中，一个个都找到了自己的声音。昆德拉冷峻、机智，注重融合各种文体和手法，作品充满怀疑精神和形而上意味。赫拉巴尔温和、亲切，关注生活，关注小人物，语言和细节都极富韵味和诗意。克里玛平静、从容，善于从日常中发现诗意和意义，作品表面上不动声色，实际上充满了意味。塞弗尔特豁达、饱满，满怀爱意地捕捉着一个个瞬间。对于他，瞬间就是一切，就是"世界美如斯"。霍朗像个隐士，躲在语言筑起的寨中，为自己，也为读者创造一个个惊奇。

卢斯蒂格呢，与他的这些同胞既有相同之处，更有不同之处。相比于他的这些同胞，他显得更加朴实、专注、投入，他似乎不太讲究手法和技巧，只在一心一意地讲述故事，自己始终隐藏在作品背后，只让人物和情节说话。非凡的经历和内在的激情成为他写作的最大的动力。他还特别重视对话，是真正的对话艺术大师。小说创作中，要写好对话，实际上是件很难的事情。这不仅要有天生的艺术敏感，更要有深厚的生活积累。《白桦林》中，就有着大段大段的对话，支撑起小说情节，甚至推动着小说情节发展，同时又丰富着小说的外延和内涵。对话中，有人物心理，有个性，有思索，有锋芒，有智慧，有幽默，有捷克味道，有故事中的故事。我们不太清楚人物的外貌，但我们却能辨别出他们的声音。声音成为他们的主要身体特征。声音在回响，对话在进行。对话让整部小说变得生动、真实，充满了活力。可以说，对话，是这部小说的精华和闪光点。

几乎所有捷克作家都具有天生的诗意。因此，捷克作家，在不同程度上，都具有诗人的气质。像赫拉巴尔，尽管不写诗，我却始终觉得，他就是诗人小说家。卢斯蒂格也不例外。读《白桦林》时，我们几乎处处都能感受到这种诗意。而这种诗意又营造出了忧伤和梦幻的气息。是绝望者的忧伤和梦幻，是性的忧伤和梦幻，是情感的忧伤和梦幻，也是生活的忧伤和梦幻。忧伤和梦幻中，激情在燃烧，尤其在第二章。那简直就是激情之章。在此，我们接触到了小说的另一重要主题，那就是激情。"激情可以煽动起行动，行动也可以煽动起激情"。不管怎样，不能没有激情,激情是人类存在的最大的理由。《白桦林》就是一曲由灵魂和激情唱出的人性之歌。

没有抗议,没有道德评判,没有简单的对与错、好与坏,只有静水流深般的叙述,只有自然而然的挖掘和触及,只有客观而又准确的呈现,只有渐渐加快的节奏,小说恰恰因此获得了无限的感染力和震撼力。农场姑娘、大尉、"十九岁"等几位主要人物也让人难以忘怀。他们都是真实的人,有血有肉的人。在此意义上,我们发觉,卢斯蒂格表面上不太讲究手法和技巧,实际上却精通小说的艺术。

当然,《白桦林》告诉我们的还不止这些。只要细细地读,只要用心地读,你肯定还能读出许多许多。

女人、紫罗兰和扇子

——读塞弗尔特或杨乐云的《世界美如斯》

1984 年,诺贝尔文学奖这道"光"为我们照亮了捷克诗人雅罗斯拉夫·塞弗尔特。在此之前,中国读者中,大概还很少有人知道他。这道"光"太强了,以至于我们阅读他时带着太高的期待。但坦率地说,最初读他的诗,从艺术角度而言,我并没有太深的感受。在读过塞弗尔特的数百首诗后,我甚至觉得瑞典皇家学院所看重的他的那种"有生气的独创性"显得有些勉强,起码在我所看到的译诗中没有很好地体现出来。也许是隔着一种语言的缘故。也许他诗歌中那些最艺术最特别最动人的东西恰恰是捷克语所特有的,根本无法用另一种语言传达。这一情形同样出现于捷克读者无比热爱的小说家赫拉巴尔的译介中。捷克语其实是一门极为丰富极为细腻的语言。这种丰富和细腻有时反而会变成一种不利和障碍,比如在文学作品传播方面。这恐怕也是昆德拉最终放弃母语直接用法语写作的原因之一吧。

再度读到塞弗尔特,已是上世纪 90 年代的事了。杨乐云先生将她翻译的《世界美如斯》的手稿交给我。这一回，不是诗歌，而是散文。可那些散文却一下子抓住了我的心。一些短小的篇章，一些温和的文字，一些娓娓的述说。记人，谈事，抒怀，一切都是那么从容，不紧不慢；一切又都是淡淡的：淡淡的回忆，淡淡的惆怅，淡淡的忧伤。那是一种饱经沧桑后才会有的从容和平淡。那是一种蕴涵着无限诗意的从容和平淡。只要你静静地读，你就会感到字里行间溢出的温度、味道和气息。而所有这些构成的艺术氛围自然会让你的阅读变得愉悦、感动和幸福。在很大程度上，这些散文又能帮助我们更好地贴近塞弗尔特的诗歌。

《世界美如斯》被公认为塞弗尔特的回忆录，但塞弗尔特本人反复强调，《世界美如斯》并不是一部回忆录。"我不会去写回忆录。我家里没有片纸只字的记录和数字资料。写这样的回忆录我也缺乏耐心。因而剩下的便唯有回忆。还有微笑！"回忆和微笑，就是一些久久停留在心头的片段和瞬间。那些最动人最温暖的片段和瞬间。诗人自有诗人的角度。这一角度让他获得了无限的自由，写作的自由和心灵的自由。"寂静时当我回首前尘，特别是当我紧紧闭上眼睛的时候，我只要稍一转念，就会看到一张张那么多好人的面孔。在人生路途中，我同他们不期而遇，同他们中的许多人结下了亲密的友情，往事一件接着一件，一件比一件更美好。我仿佛觉得，同他们的交谈还是昨天的事情。他们递过来的手上的温暖我还感觉得到。"诗人在回望，在引领，将我们带回过去的岁月，带到一个个如此生动的人物和场景面前。还有那么多或诗意或有趣或意味深长的细节。

"世界美如斯",实际上是塞弗尔特 1923 年出版的诗集《全是爱》中最后一首诗的标题。时隔半个多世纪,诗人仍将它用来作为自己晚年回忆文集的书名,可以看出他对那段岁月的留恋和怀念。20 世纪二三十年代是捷克文学的黄金时代。在捷克斯洛伐克共和国成立后不久,文学,主要是诗歌,出现了前所未有的繁荣。那也正是塞弗尔特作为诗人成长的关键时刻。在那样的关键时刻,他有幸结识了一批当时捷克文坛最活跃最优秀的诗人、评论家和艺术家,一些"很杰出、很有趣的人":沙尔达,托曼,霍拉,兹尔扎维,奈兹瓦尔,泰格,万楚拉,等等等等。在那被他称为"充满歌声的岁月里",这些年轻的诗人和艺术家几乎每天都要聚在一起,通宵达旦地泡在酒馆里,饮酒,诵诗,切磋诗歌技艺,寻求生命的快乐。布拉格,这座曾孕育出德沃夏克、卡夫卡、里尔克等杰出人物的神奇城市,为他们提供了无限的创造空间。他们还如饥似渴地阅读和翻译西欧尤其是法国的文学作品。法国诗人阿波里奈尔是他们的偶像。顺便提一句,昆德拉年轻时也曾迷恋过阿波里奈尔,并将阿波里奈尔的不少诗歌谱成了歌曲。这些整天追求艺术创新的诗人,甚至到了巴黎,都不屑去参观卢浮宫,而宁愿把目光投向街上款款而行的美丽女郎。而在这群诗人中,塞弗尔特又是最年轻的一位。这个连中学都没读完的年轻人,接受起新事物新观念来,似乎比任何人都要迅捷,都要坚决。那时,塞弗尔特借用法国作家加缪的话说:"我们没有时间孤独,我们唯有欢乐的时间。"

旋覆花社就在这样的背景下诞生了。理论家泰格、诗人奈兹瓦尔和塞弗尔特共同提出的诗歌主义后来又成为旋覆花社的艺术纲领。泰格的一段话说出了诗歌主义的要点:"新艺术的美来源于我们这个世界。艺术的任务就是创造出可以与一切世间之美相比拟的美,用令人目眩神迷的画面和奇妙的诗的韵律展示世界美如斯。"显然,诗歌主义注重想象力,注重内心感受,要求诗歌展示世界的美和人生的欢乐。奈兹瓦尔的《电话》一诗就是诗歌主义的典范:

> 将军的妻子给我打电话
> 她躺在床上只穿一件长睡衣
> 我的办公室里蓦地蘑菇飘香
> 原来女仆端着餐盘走进了她的卧房
>
> 讲着讲着我已忘乎所以
> 无拘无束跨进她的浴缸
> 将军先生伏在桌上喝得酩酊大醉
> 军衣的红绦饰映着他的红脸膛
>
> 电话终了时我们的双星
> 亲吻在公共电话亭
> 却不料我赤裸的身体

已捏在长途台女接线生的手里

（杨乐云译）

　　塞弗尔特在那段时期写出的大量诗作，虽然没有奈兹瓦尔那么极端，但也带有浓厚的诗歌主义色彩。比如《咖啡馆的夜晚》中就有这样的诗句：

一名戴着光亮的玫瑰面具的黑人，
含笑站在塑料棕榈树下；
在这片刻我抑制住了心中伟大的爱情，
她的影子却伴随我在黑暗中前行。
穿过黑夜，这星星隐没的空中花园，
正当那贪睡的人儿和美的冒险家
靠在暖洋洋的美国式的炉火旁，
似欲永久长睡，
我却想起了冰冻菠萝。

（杨乐云译）

　　可以说，诗歌主义的部分主张影响并贯穿了塞弗尔特整个一生的生活和创作。了解了诗歌主义，我们便很容易进入他的诗歌世界和内心世界。正是在诗歌主义的直接影响下，塞弗尔特很早就确定了这样的诗歌野心：要写尽世上一切的美。因此，我们也就不难理解他对某些主题的特殊偏爱了，比如女人，比如紫罗兰,比如扇子。

诗人承认,"从孩提时候起,女性的发香对我就有吸引力。我还没有开始接触拼音课本便已渴望抚摩小姑娘的头发。仅仅由于羞怯,唉,那该死的、我长期未能摆脱的羞怯,才使我于最后时刻却步不前"。上小学时,他就"狂热地、昏头昏脑地爱上了教师小姐……我朗读拼音课本,从头到尾一次也没结巴,她便摸摸我的脑袋。这时我的心就一阵阵战栗,热血直往脸上涌"。还在上中学时,他就觉得"女人比天上的月亮还要神秘"。即便进入耄耋之年,他依然不允许"任何人毁坏我心中的女人的神话,自古以来男人们就用这个神话为自己编织女性美的花环"。他表示,"无论是年老体衰还是疾病,也无论是痛苦还是最可怕的失望,都不会夺走我这双昏花老眼看到的女人的美好形象"。显然,他是把女人当作美的代表和美的化身了。他的无数吟诵紫罗兰和扇子的诗,也都同女人紧紧连在一起:

> 遮住姑娘的朱唇,
>
> 卖俏的眼睛,深深的叹息,
>
> 还有那,一脸苦笑和皱纹。
>
> 停在胸上的蝴蝶,
>
> 爱情的调色板,
>
> 上面涂满往昔回忆的五颜六色。
>
> ——《扇子》(星灿　劳白译)

读完《世界美如斯》,再读他的诗歌,我们会发现,除了早期和战争时期的一些诗歌外,塞弗尔特的大多数诗都充满了诗意的温柔和温柔的诗意。一个对以女性为代表的世上所有美怀有特殊敏感和热爱的诗人只能唱出温柔的歌。我们不妨来看看一次美丽的邂逅对他的冲击:"这个女学生一出场就迷住了我。她有着一双美丽的眼睛。我相信,在捷克王冠的辖区之内,这是最美丽的一双眼睛。闪烁着如此诱人的光芒。"于是,诗句就从心中流淌了出来:

> 哦,青春! 天啊,那是丰腴的曲线
> 勾勒出来的温柔,细腻如绸。
> 少女们深信,这个秘密
> 还应该保留。
> 再看,那双眼! 凝望着你的
> 那双眸,美丽的双眸,
> 泪水决不会使之减色,
> 闪烁着宝石的光泽。

(杨乐云译)

塞弗尔特曾将自己的诗同哈拉斯的诗作过形象的比较:"如果说弗朗基谢克·哈拉斯写诗是揪着他的诗句不放,连捶带打,仿佛要拧断它的脖子,非要它交出更多的东西,不容它像初见或初听到的时候那样有所隐藏,我写诗却与他截然不同。

我的诗句犹如从敞开的窗户被轻风吹进来的,我小心翼翼地把它们捧在手掌里,生怕碰掉它们完整无损的春天的花粉。"哈拉斯批评他的诗不该"写得这样甜,富有麻醉性"。可塞弗尔特坦言:他做不到。美已深入他的血液,美已成为他的方式。在某种意义上,美对他还是种保护,成为他抗衡艰难时世的最有力的武器,也就是布罗茨基所说的"替代现实"。

捷克是个幽默的民族。几乎所有捷克作家的作品都会散发出幽默的气息。但他们的幽默又是那么的不同。哈谢克的幽默中藏着嘲弄。昆德拉的幽默中具有冷峻和沉思。哈维尔的幽默中包含荒诞。赫拉巴尔的幽默中有着极富艺术性的"走火入魔"。克里玛的幽默往往最终同悲哀连在一道。塞弗尔特也充满了幽默。但在他的幽默中,我们感受到的只是亲切、自然、情趣和诗意。而这些都出自温柔,温柔的幽默。一颗温柔的心必定会偏向歌颂的,正如诺贝尔文学奖颁奖辞所说的那样:"他歌颂鲜花盛开的布拉格和春天。他歌颂爱情。他是我们时代中一位真正伟大的爱情诗人。他歌颂所有的女性——姑娘、学生、有名和无名的、年轻的和年老的,包括他的母亲——世上他最爱的人。"

《世界美如斯》中的一篇篇文字,表面上显得随意、散漫,实质却几乎是作者整个一生的浓缩。一位饱经沧桑的老人在说,声音轻轻的,那么平静,那么温和,平静和温和中泄露出了无限的诗意和细腻的情感。我们在读作者塞弗尔特,我们实际上也在读译者杨乐云。我深知,这本书特别符合杨乐云先生的心境和口味。仿佛一位老人在悉心倾听另一位老人的讲述。真正的心心相印。于是，我能理解杨乐云先生年届耄耋还要翻译此书的缘由了。每译好一篇，先生都像是享受了一道美味。这本书太厚了，先生独自肯定译不完，她又请上杨学新和陈蕴宁两位帮忙。最终，他们将此书的主要篇章都译出来了。

翻译告一段落后，先生将译稿交给了我。"你先读读吧"，她要我分享她的成果。我精选出一部分，在《世界文学》上发表，同时帮着联系出版社。上世纪 90 年代，不少出版社热衷于出小说，对散文和回忆录不感兴趣。很长一段时间，它没有遇到呼应的目光和气候。译稿起码转了三四家出版社。直到 2006 年，才由中国青年出版社出版。真是书籍自有书籍的命运。

塞弗尔特生于 1901 年，死于 1986 年。他几乎是在生命的最后时刻写完《世界美如斯》的。杨乐云先生也已作古。她几乎是在生命的最后时光译出大部分《世界美如斯》的。读《世界美如斯》时，我一直有种感觉：书中的有些细节很有可能仅仅是诗人诗意想象的产物。我在接受记者电话采访时也婉转地说过：那些美好的往事在塞弗尔特的笔下仿佛变得更美好了。但细细想来，这又有什么关系呢？关于奈兹瓦尔的回忆录《我的一生》，塞弗尔特说过这样的话："他有时候把朴素平淡的事实提高到诗歌的光辉水平，他做得很对。"这句话其实也适用于他自己，适用于他的《世界美如斯》。他做得很对。

我们只要觉得美就行了。我们只要能感受到心灵和文字的光辉就行了。因此，把这些篇章当作美文而非回忆来读，你兴许会得到更大的享受，你兴许也会情不自禁地说：世界真的美如斯！

II 你往何处去

——波兰文学阅读之旅

巍峨而又浩瀚的世界
——读显克维奇的《你往何处去》

　　没错，严格来说，显克维奇的长篇小说《你往何处去》确实
是从光开始的。那是个光的瞬间。主人公维尼茨尤斯如此描
绘道：

> 　　当我看见朝霞的微光照在她的身上的时候，我以为只
> 要太阳一升起，她就会和朝露一起消失在阳光里。后来我
> 还见过她两次，从此我就再也不能平静了。我没有别的愿
> 望，也不想知道罗马会给我什么恩赐，我不要别的女人，也
> 不要黄金，什么科林斯铜币和琥珀，什么珍珠、美酒和宴会
> 我都不要，我只要莉吉亚……

　　一见钟情。光芒中的一见钟情。维尼茨尤斯是罗马贵族，
年轻的军团长。而莉吉亚的身世稍稍有点复杂。她本是一名
酋长的女儿，自幼作为人质沦落罗马，由老将军普劳茨尤斯夫
妇抚养成人。另外，需要特别指出：由于普劳茨尤斯夫人蓬波

尼亚的影响,她还是名基督徒。

维尼茨尤斯向舅舅裴特罗纽斯倾诉了心中的恋情。裴特罗纽斯的不同凡响在于博学多才,精通艺术,思维敏捷,又风趣高雅,因而深得尼禄皇帝的赏识,主管宫中娱乐,有"风雅裁判官"的美誉。当莉吉亚鲜活地出现在他面前时,就连他也不得不赞美:"她那玫瑰色的、明净如洗的面孔和清新稚嫩的嘴唇像是专为亲吻而生的。她的一双明媚的眼睛就像湛蓝的大海,她的前额白净得像雪花石膏一样。在那一头浓密和盘曲着的黑发丛中,闪烁着琥珀和科林斯铜饰的光辉。她的轻柔秀美的脖颈,仙女般的肩背,窈窕俊逸的体态都焕发着五月的青春,比刚从蓓蕾里绽放出来的鲜花都显得更美。"

在这位少女身上,裴特罗纽斯读出了"春天"两个字。他立即理解了维尼茨尤斯的相思之情,愿意尽一切可能成全这份爱情。在他的精心指点和安排下,维尼茨尤斯开始追求莉吉亚。

我们在期待一个动人的爱情故事。我们也真的读到了一个动人的爱情故事,充满了艰辛和曲折,不断地陷入死亡的阴影。即便死,也要爱。为了寻找莉吉亚,为了得到莉吉亚的爱,维尼茨尤斯什么都可以放弃,什么都可以牺牲,他甚至当起了搬尸工,就为了到监狱见一见自己心爱的姑娘。

然而,作者并不仅仅想向我们呈现一段如泣如诉的爱情。他显然有着更大的文学抱负。在这爱情的诉说中,我们渐渐听到了另一个声音,一个越来越强的声音。那是基督的声音。对于维尼茨尤斯来说,这声音既是一道禁令,也像某种召唤。领会不了这一声音，他也就无法得到姑娘的爱。如此情形下，对爱的追寻实际上也就成了对基督的追寻。角度顿时转换或者扩大了。主题也因此上升到了宗教的高度。

这时，背景就显出它的意义来了。罗马帝国，尼禄的统治下，基督教被视为"帝国和人类的天敌"。尼禄是有名的暴君，连自己的亲生母亲都敢杀，更不用说基督徒了。冲突和流血便在所难免。对照也自然产生。一边是那些虔诚的基督教徒用善良、仁爱和忍耐在传播基督教义，一边是皇帝和贵族在残忍、荒淫和虚伪中愚弄和压榨人民，过着花天酒地的生活。尼禄为了获得诗歌灵感，竟秘密下令放火烧毁了罗马。罗马着火后，他激动得叫了起来："诸神啊！……我会看到一座大火焚毁的城市了。我的《特洛亚之歌》可以完成了。"

尼禄毕竟也害怕百姓的反抗，当然不会承认自己是纵火者。一个阴谋在他脑子里形成：将纵火的罪责转嫁到基督徒的头上。真可谓一箭双雕。一场对基督徒的公开的血腥的屠杀展开了。

于是，我们看到了小说中最最悲惨的情形：一批又一批的基督徒唱着赞美诗，被野兽撕咬、吞噬，被钉上十字架，被火活活烧死。这是多么悲壮的殉道。作者正想用这悲壮的殉道来树立基督徒的形象。让我们把目光转向保罗吧：

> 他最后一次把他那双平静的眼睛抬了起来，望着这黄昏时刻的永恒光辉，开始做祈祷了。是的，最后的时刻来

到了,他在夕阳的霞光中看到了通往天国的康庄大道。他刚才认为自己的使命已经完成,临终时刻即将来到时说过的话现在又回响在他的心中:"我打了一场漂亮的胜仗,创立了我的伟业,我保持了我的信仰,正义的桂冠最终是属于我的。"

作者用了大量篇幅描写基督徒的遇难。不少特写令人难忘。读到这里,我们便很容易理解为何有人称赞这部小说是"真正基督的史诗"了。

显克维奇是在1895年开始创作这部宏伟的小说的。写作本身花了两年时间。在此之前,他已写出《火与剑》《洪流》《伏沃迪约夫斯基先生》这著名的三部曲了。这些作品表明了他对历史的特别关注。波兰当时正处于异国的统治之下。用历史说话兴许是一种更为机智的方式。《你往何处去》中有大量的历史镜头和细节,里面的众多人物历史上都确有其人。需要对历史有深度的了解和高度的把握才能写好这样的作品。显克维奇从青年时代起就读过无数有关古罗马势力的书籍。他还多次到过罗马,参观那里的名胜古迹,体验那里的特殊气氛。有一天,他来到一座小教堂前,大门上的一行拉丁文字引起了他的注意:"主啊!你往何处去?"据说这是使徒彼得在罗马死里逃生后问耶稣的一句话。耶稣回答:"我要让人们把我钉在十字架上。""你往何处去?"这不正好是一部小说的标题吗?一部杰作的孕育竟这样开始了。

客观性和真实性可谓历史小说极为关键的两个支撑点。显克维奇恰恰通过这两点显示出了他的大师风范。这涉及对历史的深刻研究,也关乎对人性的敏锐洞察。小说的人物、语言、场景和氛围,都仿佛让你回到了那个特别的时代。我们感到了历史和文学互相映衬的魅力。

刻画,挖掘,呈现,没有简单的划分和武断的评判,人物的生动和饱满也就跃然纸上了。就说裴特罗纽斯吧。看得出,这是作者特别感兴趣的一个人物。他风趣,典雅,有思想,但又有点懒散和自以为是;懂得及时行乐,同时又充满爱美之心;能把女人当作艺术来品味和爱护,也能把女人随时一脚踢开。总是陪伴在暴君左右,他身上又有着必要的谨慎、机智、迎合、狡猾,甚至残忍。在所有朝廷命官中,他实际上是最会奉承君主的,奉承得那么自然,妥帖,巧妙,常常能让君主心花怒放。可有时,他又显得过于大胆,直率,孤注一掷。宫廷的争斗残酷无情,不是你死就是我亡。他最终还是败下了阵来。死是肯定的,但他却选择了一种浪漫的死亡方式:在欢宴的高潮时刻,让人割开自己的动脉,和自己爱的女人依偎在一起,听着歌曲,微笑着离开了这个世界。对于这么一个人物,你根本不可能用好或坏来评定他。他只能感觉他的真实、立体、有血有肉。

就连尼禄,除去残暴、疯狂、虚荣和滑稽,也有他矛盾、细腻甚至可爱的时刻。常常,滑稽中就含着某种可笑和可爱。一个毒辣无比的暴君却又偏偏喜爱着诗歌,喜爱着表演艺术。死到临头了,居然还在发挥着自己的表演才能:"他想拖延一下时间,用一个演员演戏时的那种发抖的声音说他的死期还没有到,因此他又朗诵起诗歌来。直到最后,他真的无路可走了,只好向那些奴隶提出了一个要求,就是在他死后把他火化掉。与此同时,他还一再叹息地说:'一位了不起的艺术家就要死了!'"尼禄总体上来说是个遭人唾弃的暴君和小丑。可从文学角度而言,这样的人物往往有着更多的看点。小说中,许多描写他的细节都相当生动、好看。小说中的尼禄显然要比历史中的尼禄有趣多了。

即便那些基督徒,在形象和声音上也存在着明显的差异。克雷斯普斯就比一般基督徒更加狂热,更加极端,也更有血性。他在十字架上大声辱骂和诅咒尼禄,让读者感觉十分的痛快。而使徒彼得总是那么温和,谦卑,像个慈父。但面对基督,他们都同样的忠诚,坚定,毫无杂念。至于他们究竟谁更能体现基督精神,作者并没有作任何判断。判断就留给读者了。

小说中的历史场景也带给了我们一声又一声的惊叹。那些无与伦比的描绘啊。水上宴会的奢华,皇帝车队的浩荡,基督徒聚会的庄重,罗马大火的可怕,竞技场上的惨烈,等等,等等。特定的历史感和真实感就在这些精细的场景中产生了。一个公元初的有声有色的罗马复活了。

创作《你往何处去》时,显克维奇面对着更加广阔的世界,期待着更加广泛的阅读。他的期待没有落空。小说出版后,迅速被译成了三十多种文字,短短几年内,光英文版就售出了几百万册。

1905 年,亨利·显克维奇又主要因为这部长篇巨制而获得了"来自北方的敬意"——诺贝尔文学奖。瑞典学院常务秘书威尔逊评论道:"他的成就显得既巍峨高大又浩瀚广阔,同时在各个方面都表现得高尚和善于克制。他的史诗风格更是达到了艺术上绝对完美的地步。他那种有着强烈的总体效果和带有相对独立性插曲的史诗风格,还由于它那朴素而引人注目的隐喻而别具一格。"

那一年,人类正处于战争之中。波兰在政治上还没独立。有人甚至认为它已经死亡。而显克维奇却通过文学告诉世界:他的祖国依然活着。

孤独者走进梦幻共和国

——读布鲁诺·舒尔茨

　　读布鲁诺·舒尔茨时，你会发觉自己不得不时常停顿，似乎总需要调整一下视距，调整一下节奏，自然也需要调整一下思维和心态，并不主要是因为深奥、晦涩，而更多的是因为晕眩。那么绚烂的画面，无边的想象，迅即的转换，突然的中断，密集，刺眼，反常，神秘，速度，空白，跳跃，所有这一切只能让你感觉晕眩。但停顿片刻之后，你禁不住又会抬起目光。你抵挡不住那道光的诱惑。他的文字中确实有一道光。而那道光照亮的是一片独特的天地。

　　这是布鲁诺·舒尔茨用文字创造的天地。这些文字，我们可以叫它们小说，也可以笼统地称它们散文，格局其实都不太大，人物就那么几个，背景基本固定：那就是作家的家乡，波兰东南部加利西亚地区德罗霍贝奇镇，有时甚至就是他和父母居住的"黑洞洞的"公寓。可有限的格局、人物和背景却常常在不知不觉中衍生出辽阔的世界，充满了各种景致和意味。

　　想象力在此发挥出奇妙的作用。对于作家而言，想象力有时就是创造力。正是凭借想象,舒尔茨总是孜孜不倦地从日常和平庸中提炼诗意。他常常通过儿童或少年的目光打量世界,展开想象。童年目光,纯真,急迫,无拘无束,可以冲破一切界限。画家天赋又让他对色彩极度敏感,给想象增添了表现层次和空间。在炎热的八月,看到女佣阿德拉从集市归来,他会觉得她"犹如从白昼的光焰中冉冉现身的果树女神波莫娜。她的篮子里流溢着色彩缤纷的阳光之美——琼浆欲滴的红草莓表皮晶莹剔透,神秘的黑色酸樱桃散发出来的香气比品尝时更沁人心脾,饱含金色果浆的杏子躺在那个漫长的午后的果核上"。当父亲在公寓里喂鸟时,他发现鸟儿"在地板上聚拢成一张五光十色、错落有致的地毯。这张地毯仿佛有生命似的,每当陌生人闯进来,地毯就会四分五裂,变成一幅幅碎片,扑簌簌地飞到空中,最后高高地栖息在天花板上"(《鳄鱼街》)。

这些都是诗意的想象。

倘若舒尔茨仅仅停留于诗意的想象,那他很有可能成为一名浪漫主义作家。但他显然又往前走了一步。这一步至关重要,又意味深长,是质的飞跃。事实上,他在不断提炼诗意,也在随时摧毁诗意。犹如女神的阿德拉可以用一把扫帚或一个手势挡住父亲的幻想事业。而父亲,"那个不可救药的即兴诗人,那个异想天开的剑术大师",由于生命力的衰竭,由于种种内在和外在的因素,蜕变成了秃鹫、蟑螂和螃蟹。相反,走近了看,狗竟然是人。想象因而获得残酷却又激烈的质地,上升到梦幻、神话和寓言的高度。在神话和寓言中,边界消除,自然规则让位于内心需求。内心,就是最高法则,就是最高真实。这顿时让他的写作获得了浓郁的现代主义特征。

在舒尔茨的小说中,父亲是个令人难忘的复杂人物。他本是小镇一家布店的店主,却总是不务正业,有着各种各样的奇思怪想和趣味癖好,与世俗生活越来越格格不入。最后,他几乎完全摆脱了肉体的需要,可以接连几个星期不进任何食物,每天都沉浸在匪夷所思、离奇古怪的内心活动中。他经常失踪,过了好几天后,才再次现身,浑身充满神秘气息。家里人对此已习以为常。"我"因而怀疑他就是秃鹫,或者去过自己的蟑螂生活了。他时而研究起火、天空、树叶和鸟儿,时而把耳朵贴在地板的裂缝上,专心致志地倾听着什么。母亲和家人对他完全束手无策。可女佣阿德拉对他却有着不可抗拒的威慑力。这有点不可理解,却千真万确。短篇小说《鸟》中就有一个细节描绘了他面对阿德拉时的情形:每当阿德拉打扫房间时,他都把这当作一项伟大而重要的仪式:"他总是提前做好安排,要亲眼看见这个仪式,带着恐惧与喜悦交加的兴奋感注视着阿德拉的一举一动。他认为阿德拉的所有动作都蕴含着一种更深刻的象征意义。那个姑娘用青春而决然的姿势在地板上推着那根长柄刷移动的时候,父亲简直不堪忍受。这时他泪如泉涌,无声的笑意把他的脸都给扭歪了,极度的喜悦冲击得他的身子直打哆嗦。他兴奋得浑身发痒,几乎快要疯狂了。阿德拉只要向他晃一晃手指头,装出挠痒痒的样子,就能把他吓得惊慌失措,穿过所有的房间,砰砰地关上身后的一扇扇门,最后倒在最远的那个房间的床上,在阵阵痉挛性的大笑中一个劲儿地打滚,想象着那种他觉得难以遏制的挠痒。"阿德拉成为父亲的对立面。父亲的幻想事业终于遭遇到了世俗力量的抗击。阿德拉就是世俗力量的象征和代表。

舒尔茨曾翻译过卡夫卡的《审判》,也读过卡夫卡的其他小说。变形,也许就是卡夫卡给他的最大启示。在父亲形象上,这一手法用得最为彻底。变形是更高层次上的想象、象征或隐喻,能让写作获得更大的自由、更深的意义。变形既能打通生死之间的隔板,也能大大丰富生命的形式,还能让世界成为一个神话天地和魔术舞台。在《父亲的最后一次逃走》中,父亲其实已经死了。但他却又以变形的方式一次次地归来。"他的形象已经弥散在他曾经住过的那个房间的各个角落"。"我"在楼梯上逮住他了。他现在是一只螃蟹。有一天,父亲被放在盘子里端了上来。"他躺在那里,煮熟以后显得又大又肿,变成了浅灰色,而且像胶冻似的。我们默不作声地坐在那里,惊讶得目瞪口呆"。气氛骤然紧张起来。谁都明白这是父亲,谁都不敢动叉子。后来,盘上盖了一块天鹅绒布。几天后,惊心动魄而又深意无限的一幕出现了:"我们发现盘子空了。一条腿横在盘子边沿,淹在凝结的西红柿沙司和肉冻中,这透露出他逃走的迹象。尽管被煮过,而且一路上有腿脱落,他依然凭借剩余的精力,拖着身子去了某个地方,开始过起一种没有家园的流浪生活。"这一变形细节极具冲击力和震撼力,从中我们读到了各种滋味:忧伤,留恋,悲壮,顽强,厌恶,深沉而又无奈的爱……

　　父亲有时又是综合形象,甚至就是作家本人。他代表着一类人,象征着一种力量和存在。在《裁缝的假人》中,父亲慷慨激昂地宣布:"造物主并不垄断创造的权利,因为创造是一切生灵的特权。物质是可以无限衍生的,具有不竭的生命力,同时,一种诱人的魅力吸引着我们去创造。"细心而又敏感的读者会发现,这其实也是作家本人的宣言。这段宣言是我们理解父亲形象、理解布鲁诺·舒尔茨全部作品的关键所在。在布鲁诺·舒尔茨看来,万物皆有灵魂和生命,而世界就是一本书:"它在阅读过程中逐渐呈现和展开,它的疆界向一切激流和波浪敞开。"(《书》)

　　布鲁诺·舒尔茨懂得语言的魔力。对于他,语言既是神话,也是宗教。语言的魔术帮助他深入世界的梦幻,最终将平庸和腐朽化为神奇:"当我把手伸向蓝色颜料时,随即一个深蓝色春天的光影便落在所有沿街的窗户上了。玻璃在颤抖,一块接一块地布上深蓝色和天堂般的火光,窗帘仿佛在警告似的拂动着,一股欢乐的气流在窗帘和空荡荡的阳台上的夹竹桃之间的过道升起,仿佛远方有人出现在一条长长的、明亮的林荫道的对面,一个发光的人在走过来,预示着好消息和好兆头,由飞翔的燕子和一里又一里散步的火的信号来宣布。"(《天才辈出的时代》)

　　随着时间的推移,"我"终于理解了父亲:"那个孤独的英雄,他独自发起一场战争,试图反击正在扼杀这个城市的无际的、本质的乏味。在孤立无援得不到我们认可的情况下,那个最匪夷所思的家伙捍卫着正在失落的诗意理想。"(《裁缝的假人》)这是点题之笔,父亲形象的秘密由此泄露。孤独,这同样是布鲁诺·舒尔茨的境遇。他一辈子都生活在外省小镇上,单调乏味,远离文化中心,靠当中学美术教师勉强维持着生存。这种境遇让他自觉走向了文字,在想象、变形和梦幻中找到出口,找到自由的天地。这是呼吸的需要。舒尔茨研究专家耶日·费措夫斯基说:"艺术之于他,乃是唯一的价值和关怀所在,是使生活高尚化的方式,是令世界更新的途径。"

命运无情。舒尔茨的文学天地并没有完全展开。正当他梦想着要写出更多的作品时,第二次世界大战爆发了。他同其他犹太人一样受到冲击,只好停止写作。这时,命运女神似乎向他投来眷顾的一瞥:一名纳粹军官欣赏他的画作,充当起他的临时保护人。没想到,恰恰是这一保护为灾难埋下了伏笔。1942年,一个"黑色星期四",布鲁诺·舒尔茨正在街上行走时,突然,一名对舒尔茨的保护人怀恨在心的纳粹军官向他举起了枪。这竟然是一名纳粹军官对另一名纳粹军官的报复:"你打死了我的犹太人,我也要打死你的……"天哪,这是怎样荒诞的世道!一位天才的作家和画家就这样稀里糊涂地倒在了血泊中。那一刻,舒尔茨年仅五十岁,只留下了两本小说集、一些书信和一些绘画作品。

波兰文学向来都有积极浪漫主义和批判现实主义的传统。密茨凯维奇、显克维奇、莱蒙特、米沃什等都是典型的波兰作家。他们把作家的使命看得很重,愿意担当民族的代言人。舒尔茨,同贡布罗维奇一样,属于异类。贡布罗维奇离经叛道,有意识地破坏所谓的民族性。他更愿意把小说当作游戏和嘲讽的天地。舒尔茨则转向内心,转向宇宙深处,在想象、梦幻和变形中构建自己的神话。他身上有卡夫卡、里尔克、穆齐尔等人的印记,还明显受到普鲁斯特、爱伦·坡等作家的影响。以色列当代作家大卫·格罗斯曼对舒尔茨的评价准确、传神:"他的书页上的每一个时刻、每一只小狗、每一堆垃圾、每一碗水果,都是一场喧闹、一出激昂的戏剧。每一个时刻都不能够完全容纳它自己的意义,都在溢出。布鲁诺·舒尔茨的写作有如涨潮。"

这些用命写出的诗歌
——读波兰女诗人安娜·斯沃尔

　　已经过去了十五六年了，但我依然记得那一刻的情形。在美国印第安纳大学图书馆里，我第一次读到了波兰女诗人安娜·斯沃尔的诗歌。仿佛被电击一般，我内心的震撼和感动久久难以平息。

　　一些朴实到极致的诗，一些简洁到极致的诗，却散发出巨大的内在的力量和能量。秘密何在？只要细细读，你会发现，这些文字仿佛剔除了所有杂质，也似乎摈弃了所有手法，只剩下了呼吸、凝视和燃烧，只剩下了血肉。这简直是用命在写作。就是用命在写作。这样的写作既在散发，也在消耗。巨大的消耗。搭进了情感和生命。安娜·斯沃尔，一个用命写作的女诗人。

　　安娜·斯沃尔，本名安娜·斯沃尔茨申思卡，出生于华沙一个画家家庭。她的童年实际上是在父亲的画室中度过的。据她自己回忆，她那时整天待在父亲的画室里，玩耍，做功课，睡觉。由于家境极度贫困，她被逼无奈，早早地就出去打工，替父母分担生活重负。用她自己的话说，"我那时极为害羞、难看，内心的焦虑山一般压迫着我"。上大学时，主攻中世纪和巴洛克时期波兰文学。她发现，15世纪的波兰语言是最有力量的。20世纪30年代，她开始发表诗作。最初的诗作带有明显的成长环境的印记，诗歌中的许多意象都来源于各类画作和画集，以及她对中世纪的迷恋。那些诗作大多是些短小的散文诗，像精致的微雕，隐去了所有个人色彩，具有浓厚的唯美主义倾向。微雕成为她一生钟爱的诗歌形式。

战争既改变了她的生活，也改变了她的创作。德国占领时期，她当过女招待，为地下报刊撰过稿。1944年华沙起义中，她担任过起义军护士。后被捕，在几乎就要被处决的一刹那，又幸运地死里逃生。她说："战争让我变成了另一个人。只是从那时起，我的个人生活，我同时代人的个人生活，开始进入我的诗歌。"她极想把战争中经历的一切写成诗歌，但在很长一段时间里，苦于找不到恰当的形式。三十年后，她终于写出了描写战争的诗集《修筑街垒》。依然是些短诗，依然使用微雕手法，可斯沃尔的诗风已完全改变，由唯美主义转向了现实主义，转向了内心。

可以说，直到这时，斯沃尔才基本确立了自己的风格，发出了自己的声音。

她开始专注于内心，专注于情感。有段时间，她还写过不少儿童诗歌和儿童故事，并因此赢得了不小的声名。年过六十岁，她奇迹般出版了《风》和《我是一个女人》等诗集。诗集《我是一个女人》犹如一份女权主义声明。她在诗集中大声宣布：即使上了年纪，女人也同样有性爱的权利。之后，她又创作了许多直抒胸臆、感人肺腑的情诗。《快乐一如狗的尾巴》《丰满一如太阳》等便是这一方面具有代表性的诗集。这些诗直接，大胆，简洁，异常的朴实，又极端的敏感，经济的文字中常常含有巨大的柔情和心灵力量，有时还带有明显的女权主义色彩。

"诗人必须像疼痛的牙一般敏感。"女诗人说，"诗人的意识空间必须不断扩大。那无法震撼并激怒他人的一切，震撼并激怒诗人。"或许正是这种玩命的写作姿态，让她在晚年抵达了诗歌的高峰，写出了那么多动人心魄的诗作。一些燃烧的诗。一些奔跑的诗。一些滴血的诗。这些诗作终于点亮了她的同胞、旅居美国的波兰诗人切斯瓦夫·米沃什的目光。他敏锐地注意到了这些诗作的中心主题：肉体，狂欢中的肉体，痛苦的肉体，恐惧的肉体，害怕孤独的肉体，充沛的、奔跑的、懒散的肉体，女人生产时的肉体，休息、打鼾、做早晨健美操的肉体，意识到时间流逝，或将时间浓缩为一个瞬间的肉体。米沃什认为，安娜·斯沃尔的这些感官的、剧烈的诗歌中，有一种罕见的干净。她诗歌中的肉体常常同灵魂纠结在一起。灵魂其实一刻也没缺席。

米沃什极为欣赏女诗人的才华，长期关注着她的诗歌创作。这是一个诗人向另一个诗人表示的敬意。也是一个诗人同另一个诗人之间的惺惺相惜。还有着同胞间的深厚情谊。他决定做点什么，要让更多的读者读到斯沃尔的诗歌。于是，他利用自己的影响力,同人合作将女诗人的许多诗作译成英文,介绍给欧美读者,其中包括组诗《关于我父亲和母亲的诗》。这组诗以近乎白描的写作手法,通过一个个平凡而又动人的瞬间,表现出了一位女儿对父母深沉的爱。米沃什感叹:"在20世纪的诗歌作品中,我还从未见过这么出色的表达对父母之爱的诗,一个以尽可能少的文字讲述的故事。"

安娜·斯沃尔总是在以尽可能少的文字,讲述她的故事,肉体的,灵魂的,女人的,男人的,女人和男人的,女儿的,父母的,女儿和父母的,以及其他各种各样的故事。这些故事贴着我们的肉体和心灵,贴着我们的生命,让我们不得不倾听。

近乎神圣的游戏性

——读贡布罗维奇的《巴卡卡伊大街》

　　读贡布罗维奇,总会让我想到昆德拉。反过来,读昆德拉,也总会让我想到贡布罗维奇。他们两位有着太多的共同之处:都来自中欧,有着相似的文学背景;都由于阴差阳错,陷入流亡的境地;都主要以长篇小说立足文坛,并享有声誉;都只写过为数不多的短篇,而且严格说来,都只出过一部短篇小说集;他们的小说都充满着某种游戏性。

　　游戏性意味着打破所谓的庄重和神圣,解构所谓的意义。游戏性正是现代性的一种体现。昆德拉曾如此评价贡布罗维奇:"作家的本性使他永远不会成为任何类型的集体代言人。更确切地说,作家的本性就是反集体的。作家永远是一匹害群之马。在贡布罗维奇身上,这一点尤为明显。波兰人一向把文学看作是必须为民族服务的事情。波兰重要作家的伟大传统是:他们是民族的代言人。贡布罗维奇则反对这样做。他还极力嘲笑这样的角色。他坚决主张要让文学完全独立自主。"因此,游戏性,在贡布罗维奇看来,最能表现文学的独立自主。

进一步讲,对于贡布罗维奇,游戏性在相当程度上就是不正经:不正经的人物,不正经的故事。读读《巴卡卡伊大街》中的小说。其中的人物和故事似乎都是不正经的。贡布罗维奇诸多小说说到底都是表现人与人之间的关系,而且都是不太正常的关系。他对正常的关系不感兴趣。不正常才有看头,才有意思,才有游戏性的空间,也才有更多文学上的可能。《检察官克拉伊科夫斯基的舞伴》是篇令人拍案叫绝的短篇,也颇能代表贡布罗维奇的风格。小说中的"我"如此形容自己:卑微,僵化,柔弱无助,且已病入膏肓,顶多活不过一年。看戏成为他活着的唯一理由。歌剧《吉卜赛公主》,他竟然看了三十多遍。然而,就在他准备看第三十四遍时,由于求票心切,没有排队,直奔售票口,而被检察官克拉伊科夫斯基一把提溜了出来。如此,"我"与检察官也就产生了关系。"我"自尊心受伤,决意报复。但"我"又是如何报复的呢?恰恰将卑微和谦恭当作了武器。"我"寻找各种机会跟随检察官,向他献花,为他付蛋糕钱,同他走进同一家餐厅,给检察官追逐的女士写纸条,鼓励她接受检察官的求爱。检察官终于恼羞成怒,举起拳头时,"我"主动弓腰,献上自己的脊梁。卑微和谦恭,不知不觉中,转化成一件利器,具有无限的杀伤力。《斯特凡·恰尔涅茨基的回忆》中,"我"的成长受到父母关系的深刻影响。"我"很早就注意到,父亲厌恶,甚至仇恨母亲,常常用最恶毒的语言辱骂母亲。对于"我"来说,生活之谜正是从这里开始。而且"这个谜散发出的团团迷雾让我陷入道德的灾难"。家庭,学校,战争,情感等各种因素最终将"我"塑造成一个"道德沦丧的人",或者说,一个完全不正经的人。在"我"看来,"所谓爱情实际上和打斗有诸多相似。两个人打斗不也是又捏又掐,或者抱在一起撕扯"。最终,"我"竟然建立了自己的主义,并提出了这样一些纲领:"我要求,把我的母亲切成小片,凡是没有足够热情祈祷的人,都可以分到一片。父亲也一样,把他交给那些没有种族观念的人,分而食之。我还要求所有的微笑,所有的美貌和优雅都按需分配。至于无法证明正当的憎恶统统关到'惩罚室',严惩不贷……贯彻纲领的方法主要由咯咯咯尖笑和眯细眼睛看人这两部分组成。"简直是太不正经了。可从这种不正经中,我们又可领悟到多少丰富的意味。我个人最喜欢《宴会》,认为它是贡布罗维奇短篇小说中的精品。《宴会》涉及君臣关系。卑鄙丑陋的国王即将举行婚礼。大臣们为了阻止他给王国蒙羞,只好借助沉默和模仿这一武器。国王站起来,大臣们也都站起来;国王坐下,大臣们也都坐下;国王打碎两只盘子,大臣们也都打碎两只盘子;国王跳起来,大臣们也都跳起来;国王捏死公主,大臣们也都捏死身边的夫人;国王惊恐逃跑,大臣们也都跟着他逃跑。这时,最耐人寻味的一幕出现了:"没有人知道,国王究竟是在逃跑,还是在率领众宾客向前冲锋。"在民众看来,"这位超越一切的国王,正率领着他超越一切的军队,在做一次超越一切的冲锋"。读着这样的小说,你会感叹,游戏性是需要天赋,需要巨大的想象力和创造力的。甚至可以说,在贡布罗维奇的小说天地里,游戏性就是想象力和创作力,就是最大的

"自命不凡"。

集子中的其他小说也都从不同的角度,通过不同的荒诞故事,反映人与人的各种不正常关系。在这些短篇中,贡布罗维奇基本上已确立自己一生的艺术个性和写作特色。他采取的是一种极端随意的、极不正经的笔调。在词汇的使用上,也突破了一切禁忌。文字往往夸张,扭曲,怪诞,人物常常是漫画式的,或丑态百出,或乖张古怪,他们随时都受到外界的侵扰和威胁,内心充满了不安和恐惧。作家几乎摒弃心理描写,而是通过人物荒诞怪僻的行为,表现社会的混乱、荒谬和丑恶,表现外部世界对人性的影响和摧残,表现生活在这个世界上的人类的无奈和异化,以及人际关系的异常和紧张。唯一同他的长篇不同的是,这些短篇基本上还都有比较完整的故事。而他的长篇就连完整的故事都被打碎了。

贡布罗维奇肯定是昆德拉的师傅。他教会了昆德拉文学中游戏性和不正经的厉害。昆德拉自有聪明和狡黠之处。特殊的背景和经历在他内心培育出一种怀疑精神,而游戏性和不正经成为表达和散发这种怀疑精神的最有效的手段。对于文学来说,怀疑精神更为宝贵,它反过来又将游戏性和不正经提升到一种近乎神圣的高度。

在阅读中，回忆并致敬

——波兰文学阅读随记

说到波兰，说到波兰文学，内心总会生出一份敬意。历史上，波兰曾几度遭到瓜分，丧失主权，那样的时刻，恰恰是文学一次又一次地表明一个弱小民族的存在。同样，在资本和权力横行的全球化时代，又是文学在顽强地替一个中欧小国发出自己的声音。文学究竟又有何用？兴许波兰文学会回答你。

2014 年，我阅读了一本又一本波兰文学作品，以至于在我的读书生涯中，这一年可以被称为波兰文学年了。

米沃什诗歌，中国读者已十分熟悉，但他的随笔作品，除去十多年前的《米沃什词典》外，译介得并不多。近两年，《诗的见证》（黄灿然译）和《被禁锢的头脑》（乌兰、易丽君译）这两本随笔集的接连推出，让我们直接走进诗人的思想天地，充分感受他的沉思，他的锋芒和棱角，他的担当精神和道德光芒。一个真正优秀的诗人，必定同样是一位出色的思想家。某种意义上，诗与思不可分离。这一点在米沃什身上体现得尤为明显。

米沃什是典型的波兰作家，贡布罗维奇却绝对是波兰文学中的异类。昆德拉对贡布罗维奇大加赞赏，并将他同卡夫卡、布洛赫和穆齐尔并称为"中欧四杰"。在上世纪90年代，我们零星读到了贡布罗维奇的短篇，多是从英文转译的。真正读到贡布罗维奇，而且是他的代表作，则是易丽君、袁汉镕译长篇小说《费尔迪杜凯》。又过了十年，贡布罗维奇终于被大规模译介到中国。从2012年起，《色》（杨德友译）、《着魔》（林洪亮译）、《巴卡卡伊大街》（杨德友、赵刚等译）等作品为我们充分展现了贡布罗维奇的世界。

读过显克维奇、莱蒙特、伊瓦什凯维奇等波兰作家，再来读贡布罗维奇，我们会感到巨大的差异。一个迥然不同的文学世界。至少在表面上，充满了荒诞、想象和游戏。他的重要贡献在于，将现代性引入了波兰文学。他坚决主张要让文学完全独立自主。读贡布罗维奇，我们会意识到，想象力对于作家是多么的重要。而有时，最能体现想象力和创造力的，却是游戏性。我称之为近乎神圣的游戏性。贡布罗维奇最终恰恰是以非波兰性而赢得世界声誉的。

近几年，读书界和出版界都在热议波兰女诗人、1996年诺贝尔文学奖得主维斯瓦娃·希姆博尔斯卡诗选《万物静默如谜》（陈黎、张芬龄译）。两位台湾译者将女诗人的名字译为：维斯拉瓦·辛波斯卡，一看就译自英文。诗选收入希姆博尔斯卡各个时期的诗作七十五首。由于译文优美，装帧考究，推广得力，加上女诗人逝世这一契机，《万物静默如谜》很快便成为畅销书，销售量竟在半年之内达到十万册左右，成为诗歌出版和销售史上一个奇迹,甚至在出版界引发了一股出版诗集的热潮。随后,文化公司又趁热打铁,推出又一本希姆博尔斯卡诗选《我曾这样寂寞生活》(胡桑译),期待着同样的效益。其实,在希姆博尔斯卡获得诺贝尔文学奖后,中国国内曾出版过两个希姆博尔斯卡诗选中文版,直接译自波兰文,但反响并不尽如人意。当时,起码在中国,诺贝尔文学奖并没有特别照亮这位低调的波兰女诗人。没有想到,时隔十余载,她的诗作竟在中国受到如此的厚爱。这是翻译的胜利,是诗歌的胜利,还是商业营销的胜利?恐怕各种因素皆有。但不管怎样,这一出版事件在客观上推动了国内的诗歌出版和诗歌阅读,并且让不少中国读者重新打量和评价希姆博尔斯卡。

我向来对过于畅销的书保持警惕,但还是捧起了《万物静默如谜》和《我曾这样寂寞生活》,原因很简单:这是希姆博尔斯卡的诗歌。读女诗人,总有着格外亲切的感觉,会让我想起那次美得超越形容的克拉科夫之行。记得我所下榻的宾馆离老城、离市集广场,也就几分钟路。一出门,感觉一阵阵的魅力扑面而来。克拉科夫,是一座有灵魂、有魔力,同时也有生活的城市。在克拉科夫,我专程拜谒了米沃什和希姆博尔斯卡的故居和墓地,参观了具有悠久历史传统的雅盖隆大学,还仔细观看了克拉科夫国家博物馆举办的希姆博尔斯卡主题展。由于女诗人生前极为喜爱抽屉,收藏了六百多个抽屉,展览起了个特别的名字,就叫"希姆博尔斯卡的抽屉"。抽屉里藏着她的各种宝贝:她收集的旧明信片,她收到的各种礼物,她的拼贴画和剪报,她的老照片……纪录片介绍说,她家里抽屉如此之多,以至于,拍片时一时找不到"诺贝尔"了。墙上挂着电话,拿起话筒,拨上希姆博尔斯卡的电话号码6369977,你就立即能听到女诗人的声音:她朗诵的诗歌,宣读的诺贝尔文学奖授奖辞片段,等等。展览极度丰富,而又开放。太多的实物:女诗人用过的打火机,名片,各类证件,好几副眼镜,小摆设,亲友们赠送的礼品,其中就有米沃什送的小抽屉盒,手稿,诺贝尔文学奖证书,打字机,满满半面墙的图书。甚至把她家的沙发都搬来了,而且还让你坐。女诗人喜欢开玩笑,极度幽默,常常说得自己先忍不住笑起来。笑的样子可爱极了。难怪她的藏书中有好几本波兰作家姆罗热克的作品。姆罗热克的幽默小品写得极为出色。我曾在上世纪80年代在《世界文学》上编发过他的作品。希姆博尔斯卡善于以轻松和幽默的语调描述和揭示沉重和深邃的主题。她把宁静看得比什么都重要。在宁静中生活,在宁静中写作。获诺奖后,她决意不让此奖影响自己的正常生活,以及同亲友们的正常交往。她做到了。

瞧,诗歌阅读就这样演变成了温暖的回忆之旅。

临近2014年岁末,我们又享受到了另一道波兰文学盛宴:花城出版社推出的波兰诗人兹别格涅夫·赫贝特的三本散文集《带马嚼子的静物画》(易丽君译)、《海上迷宫》(赵刚译)和《花园里的野蛮人》(张振辉译)。读过这三本书,我不得不为诗人的博学和修养所折服。我在前面说过思想对于诗人的重要。而思想又必定要以博学和修养为基础的。赫贝特还教会了我们挖掘的重要性。一点一点深挖，你就能发现一片令人惊异的复杂而丰富的天地。

如果说前些年，塞弗尔特的《世界美如斯》，以及赫拉巴尔作品系列曾在中国引发一股小小的捷克文学热，那么近几年，舒尔茨、鲁热维奇、卡布钦斯基、米沃什、希姆博尔斯卡、扎加耶夫斯基、贡布罗维奇、赫贝特等波兰文学大家的接连亮相，显然已形成一个强大的波兰文学气场，随时都会掀起一阵阵波兰文学旋风。

Ⅲ　小国的文学强音

——罗马尼亚作家举隅

黑色，阴影，模糊的界限
——读赫尔塔·米勒

"同罗马尼亚，我不想再有任何关系。"近几年，赫尔塔·米勒曾在多种场合如此表示。

谈何容易。这只是气话，只是对罗马尼亚现状的不满，还是某种姿态？只有她本人知道。这种气话，不满或姿态，在某种程度上，恰恰流露出她对罗马尼亚错综复杂的感情。

其实，不管愿意与否，她同罗马尼亚始终并永远都有着千丝万缕的关系。这种关系，在她获得诺贝尔文学奖后，仿佛因了一道强光的照射，显得更加突出。毕竟，她生于罗马尼亚，长于罗马尼亚，前前后后在罗马尼亚生活了三十四个年头。童年，青春，爱情，最初的创作冲动，都在那块土地上，留下了深刻的印记。因此，无论如何，罗马尼亚都是她人生和文学的难以忘怀的故土。

语言和文化的印记同样深刻。赫尔塔·米勒生于罗马尼亚西部乡村一个日耳曼族家庭，从小就说德语，在德语环境中长大。她的家乡像块飞地，日耳曼族人在那里世世代代已生活了三个多世纪,悉心保护着自己的文化和习俗。尽管如此,只要一走出村子,她就会自然而然地呼吸到罗马尼亚语的空气:"有一天,我发觉自己竟然无师自通,说起了罗马尼亚语。仿佛从那一刻起,罗马尼亚语已成为我生命的一部分。但与德语不同,罗马尼亚词语常常让我睁大眼睛,不知不觉间便拿它们与德语作起了比较。即便诅咒也那么婉转,肉感,放肆,美丽至极。"(康斯坦丁·科若尤:《赫尔塔·米勒与罗马尼亚主题》)那真是诗的语言,她曾感叹。后来,移居德国后,赫尔塔·米勒依然想念着罗马尼亚语:"一切听起来都那么悦耳,而一个词,借助韵脚,会迅速同另一个词相遇。"(《赫尔塔·米勒与罗马尼亚主题》)在她看来,罗马尼亚词语甚至有润滑的作用,能给在日常生活中遭受挫折和失败的人们带来抚慰和平衡。在这一点上,她同齐奥朗(罗马尼亚文学家和哲学家,后移居法国)倒是完全一致。侨居巴黎的齐奥朗在晚年曾发出这样的感慨:"奇妙的罗马尼亚语啊!它那赋予任何词一种亲密感,将任何词转化为指小词的能力;就连'死亡'一词也享有这一温顺。曾有一段时间,我觉得这种现象是一种减弱,是一种谦卑,是一种贬低的倾向。可现在,恰恰相反,我觉得这是一种丰富的标志,是一种为任何事物'增加一点灵魂'的需要。"(《笔记选》)

尽管赫尔塔·米勒从未用罗马尼亚语写过任何东西,但这种语言的渗透和影响已经深入她的生活和创作。严格来说,德语和罗马尼亚语都是她的母语,但德语是她的第一母语。拥有两门母语,实际上,也就是拥有更多的眼睛。她说:"每一种语

82

言都有不同的眼睛。"

中学毕业后,赫尔塔·米勒考入罗马尼亚名校蒂米什瓦拉大学,学习德语和罗马尼亚文学。蒂米什瓦拉市是罗马尼亚西部重镇,一个风景如画的城市,靠近南斯拉夫和匈牙利,文化和教育都比较发达,许多居民都会讲三种语言:罗马尼亚语、匈牙利语和德语。赫尔塔·米勒的大学生涯正逢罗马尼亚的开明时期。那是上世纪 70 年代初期。罗马尼亚另一位移民作家诺尔曼·马尼亚是齐奥塞斯库统治期间著名的持不同政见者。就连他也在随笔集《论小丑》中比较客观地描绘了那段时期的情形:

　　在 1965 年到 1975 年这相对"自由"的十年里,罗马尼亚并不繁荣,也不能说人们在日常生活里毫无拘束。但是关于那个时期的记忆里有一种振奋人心的东西:用轻快的拉丁语哼唱,动听而有趣;你可以更自由地四处走动,更自由地谈论别人和书。仿佛就在一夜之间,人们和书籍一起死而复生了——和谐的交谈、快乐的聚会、忧郁的漫步、令人兴奋的探险,一切都回到了生活中。这种变化,并不像在其他社会主义国家那样,是回应领导阶层政策的变化而重新出现的政治热情,而是把政府的政治日程抛在一边短暂地回到简单的生活乐趣中。在这个国家里,人们一直喜欢的是歌声,而不是祈祷和庄严的宣誓。这个时期对经济发展的促进微乎其微,但它对艺术和文学的影响却延伸到了之后的十多年里。我们利用一切机会接触西方的艺术和思想运动,在一些社会和政治问题上,我们可以保持比较独立的立场,可以用个人的方式表达观点。

那段时间,鲁奇安·布拉加等作家的作品被解除了禁戒。斯特内斯库、索雷斯库等诗人正致力于罗马尼亚诗歌的现代化运动。在他们的努力下,罗马尼亚诗坛出现了"抒情诗爆炸"的可喜局面。普列达正在构思他那全面反思"苦难的十年"(罗马尼亚20世纪50年代)的长篇巨制《世上最亲爱的人》。那段时间,人们可以读到乔伊斯、普鲁斯特、福克纳、卡夫卡等几乎所有西方大家的作品。作家们在艺术的神圣光环下,享受着特别的待遇,被人们恭敬地称为"不朽者"。

正是在那时,赫尔塔·米勒开始走上文学创作之路。相对宽松、活跃的文化氛围,多种语言和文化的碰撞和交融,在赫尔塔·米勒成长的关键时期,肯定给了她不少的滋养。

翻开赫尔塔·米勒的作品,我们几乎处处可以感到罗马尼亚的存在。经历、背景、素材、主题,全是罗马尼亚。绕不开的罗马尼亚似乎成了她写作的恒久动机。在这一意义上,赫尔塔·米勒被称为"现实主义作家"。因为,她始终都在书写过去,书写经历,书写自己在专制时代受到的伤害。"不是我选择了主题。而是主题选择了我。"赫尔塔·米勒如此表白。而到目前为止,罗马尼亚一直是她的基本主题。

让我们来读读她的几篇小说。

短篇小说《乡村纪事》和《地下的梦》分别选自米勒的两个短篇小说集《低洼之地》和《光脚的二月》。都是用德语写出的作品。那是两个反差很大的小说，但都以她的出生地巴纳特乡村为背景。

《乡村纪事》描绘了米勒和她的乡亲的生活情形和日常细节，有明显的自传色彩，能让我们了解到女作家的生长环境，当然，也能让我们领略到女作家的叙述才华。女作家用近乎白描的手法一件一件地描述村子的各个组成部分：小学，幼儿园，集市，村委会，理发店，广场，消费合作社，文化馆，邮局，民警所，三条小巷，村民的房屋，农业生产合作社，墓地，等等。算得上一幅乡村全景图了。表面上看，叙述者的语调冷静，客观，不动声色，有点冷幽默，甚至还有点笨拙，但不知不觉中，我们就会被字里行间浓郁的乡土气息所吸引，被作者有意无意提到的一些场景所震撼。一个灰暗，狭小，落后，衰老，贫困，却也不乏有趣，甚至怪异的世界出现在我们的眼前：村里的小学总共只有十一个学生和四个老师。体育老师，也就是校长，同时教体育课、农业课、音乐课、德语课和历史课，而不管上什么课，都玩"战争游戏"：孩子们被分成"德国人"和"俄国人"，用球打仗，谁被球击中，谁就退到一旁。而天真的孩子始终不明白为何要"打仗"；村民中七十岁以下的人，居然都算是年轻人；"打从国有化以来，村里再也没有过一次像样的收成"；数十年来，狗和猫杂交，猫和兔子杂交，以至于一位老汉再也容忍不了自己的公猫胡搞，一气之下，将它吊死了；邮递员的老婆，作为电话接线员,整天无事可做,所以就给信打戳,对所有信的里里外外都了如指掌;村长、合作社主席和国营农场场长,竟然都是一家人……小说中,作者不断地重复使用"村里人称之为……"这一句式,让小说读起来,格外地有乡土味道。只要细细阅读,我们能感觉到作品深处隐藏的深意和寓意。落后,惨淡,愚昧,腐败,压抑,麻木,等等,都在不经意中被触及了。一幅小小的乡村图景,反映的实际上是整个社会的状况。像《乡村纪事》这样的小说,很容易让人想到"乡土文学"。难怪有德国评论家称赫尔塔·米勒为优秀的乡土文学作家。

而我尤其喜欢《地下的梦》。如果说《乡村纪事》是写实的话,那么,《地下的梦》则是梦幻的。梦幻中,两个女人在墓地聚到了一起。一个站在地上,另一个躺在地下。地下的外婆,在对地上的"我"述说,仿佛梦幻一般。梦幻,往往充满诗意,诗意又同内心紧密相连。这是"已故外婆的梦",因此是地下的梦。地下的梦,让我们看到了地上的悲哀、忧伤和孤独。而所有这些都在诗意中流淌,冲击着人们的心灵:"我捧着一束百合搁在胸前,看淡绿的蚜虫踌躇着爬过花朵。我的下巴熏染上了百合的香气,就像在深夜,当太阳不再俯瞰大地,所有的面孔只剩下发光的眼睛,只有那些眼睛知道,这浓郁的香气会透进棺材进入死者的身躯。"就因为生的是女孩,无论外婆还是那女孩便逃脱不了悲惨、孤独的命运:"我凝视着那孩子,在她脸上枝枝杈杈写着所有那些依存于矮小屋檐下的生命的孤独,从孩子蓝蓝的血管一直流到脸上,她头顶跳动着一个女佣自杀时的孤独,太阳穴两边抽搐着我那半瘫的婶婶烤面包时的孤独,两颊掠过我耳聋的祖母缝缀纽扣时的孤独,唇边则闪烁着我怯弱的母亲不停地削土豆的孤独。"孤独,代代相传,竟成为所有女人的命运。《地下的梦》以两条叙述线索交叉,层次丰富,梦幻的气氛,诗意的语言,让全篇文字读起来,更像一篇散文诗,优美,又忧伤,让人无限感动。在这篇小说中,女作家充分展现了她的诗歌背景和才华。

《黑色的大轴》是另一幅乡村图景,但比《乡村纪事》更凝重,更阴郁,更内在,散发着残酷的诗意。在这篇小说中,女作家显示出高超的营造气氛和驾驭语言的能力。黑色的大轴是隐喻,也像呼唤。它无影无踪,却仿佛又处处可见。"死去的人像转磨盘一样周而复始转动着那根轴,好让我们也快快地死去,也帮着去转轴。"村子里,狗疯了似的叫个不停。茨冈人就要来临。他们会带来什么运气? 有人在出生。有人在死去。井,磨坊,影子,铁链,黑黑的路堤,都在诉说着什么,或在暗示着什么。夜色笼罩着。夜色中,"辘轳静静地躺在那里,井睡了,它的铁链睡了。一片云在巨大的粪便里游荡。它在沉睡的天空里忽高忽低,鞋上沾满白色的野生辣根,在脖颈上飘舞……"而黑色的大轴转动着。随着它的转动,死亡的阴影在四处扩散。这阴影决定了小说的气息和面貌:一切都那么的沉重,一切都那么的灰暗,一切都那么的压抑,一切都注定在朝着死亡行进。生命的意义也就遭到了最严重的质疑。

中篇小说《人是世间一只大野鸡》(焦洱译)写于上世纪 80

年代中期,在赫尔塔·米勒移居德国的前夕。无数的场景,无数的片段,无数的角度,组成了一部浓缩、丰富、令人晕眩的合唱,低沉到了极点,忧伤到了极点。

　　温迪施是小说中的核心人物。他更像一个幽灵,或一个影子,在村子里缓缓移动着,起着穿插和引领的作用。背景幽暗,一切仿佛都发生在夜间。一只猫头鹰在夜空中盘旋着,随时都会带来死亡的消息。女作家用暗示、隐喻、寓言、象征、联想、对话等众多手法,调动起了所有的人物,所有的事物。守夜人,皮革匠,裁缝,猫头鹰,苹果树,针,旱蛙,棺材,白色大丽花,镇长,治安官,盒子,等等等等,都加入了这一合唱。每种事,每种物,都有呼吸,都有灵魂,都在诉说或倾听。唯独人常常在沉默。一个个隐含的故事恰恰在这沉默中泄露了出来。生存挣扎,情感失落,死亡低语,贪婪,腐败,伤口,叹息,无奈中的交易,这些都像记忆或现实中的残片,隐约闪现,却刺人心肠。人与物、词与物之间的张力由此而生。语言和情感都得到了高度的控制。诗意加重了压抑和忧伤,仿佛石头里的歌声,又仿佛凝固的泪滴:"白色的棉纸在小盒子里沙沙响。白色的棉纸上有一滴玻璃眼泪,泪尖上有一个小孔。里面,在这滴泪的肚子里,有一条小沟。泪滴下面放着一个小纸条。鲁迪写道:'泪滴是空的,给它装上水。最好是雨水。'"还有寒冷,彻骨的寒冷:"温迪施眼前一阵寒冷,他有一种感觉,夜会被打碎,强烈的光芒会突然间笼罩着村子的上空。温迪施站在前厅里并且知道,倘若他不走进屋里,他会穿过园子看见全部事物那狭长的终结,还有他自己的终结。"

所有这一切最终形成了一股合力,推出一个理由,一个逻辑。那就是:移民。这也正是贯穿小说的基本主题。在这里,移民既是名词,也是动词。移民是身份,也是策略。对于温迪施们来说,它成了逃脱,成了生命的最后的出路。

《一只苍蝇飞过半个森林》是赫尔塔·米勒另一个具有代表性的短篇小说。标题本身就是一句很棒的诗,充满了张力,让人过目不忘。写作这一小说时,赫尔塔·米勒已在德国生活了十三年。这些年里,她已出版了《一条腿旅行》《魔鬼端坐在镜子里》《我携带我所拥有的一切》《饥馑与丝》《国王鞠躬并屠杀》《发髻间住着一位女士》《他是不是伊昂》等数十部长篇小说、散文集和诗集。还曾获得过众多的奖项。从一开始,德国文学界就十分关注和认可赫尔塔·米勒的写作。移居德国没有多久,她就跻身于"最优秀的德语作家"的行列。

尽管生活在德国,并享有不小的声名,但赫尔塔·米勒坚持书写罗马尼亚题材,更确切地说,齐奥塞斯库专制下的罗马尼亚生活。这是她的策略,也是她的聪明之处。德国著名汉学家顾彬读过她的作品,觉得她的德语很漂亮,很有味道。他发现,罗马尼亚的德语和德国的德语不太一样,保留了很多古老的词汇,仿佛让人们听到了来自另外一个时代的富有魅力的声音。他还称赞米勒用词的精确。用纯粹、准确的德语写作,写的却是专制下"那些被剥夺者"的境遇,赫尔塔·米勒顿时有了得天独厚的主题和题材上的优势,还为自己增添了一道迷人的道德光环,同时也明确了自己的身份:被剥夺者中的一员。小说家赫尔塔·米勒同时也成为了控诉者赫尔塔·米勒。而且她的后一个角色似乎更加鲜明。文学,不知不觉间,上升到了意识形态的高度。如此写作,在西方文坛更容易出人头地,也更容易引人注目。实际上,米兰·昆德拉、诺尔曼·马尼亚、哈金等作家都走过相同的路径。

《一只苍蝇飞过半个森林》就描绘了专制下人们的生活。小说中的"他"已经死了。可也许还活着。不正常的年代,生与死,仿佛已没有明确的界限。"我"在寻找也许"已经死了的他"。这种寻找,注定孤独,注定毫无结果。而"他"又是火车上一位女乘客吐露的故事中的男主人公。女乘客在一家工厂工作了五年。工厂下面有一家地下工厂,里面的工人全是劳改犯。透过一个洞口,"她"看见了"他"。由于受到监视,他们无法交谈。一天,"他"朝"她"扔来一个土豆。在那饥馑的年代,"一块热土豆,就是一张温暖的床":"一块大土豆将她萎缩的胃填饱之后,哭泣就像涟漪缓缓地朝她涌来,她痛哭流涕,泪水有如沙粒从沙漏中落下。她身材瘦削,可以说瘦骨嶙峋,但是在工厂里她却能搬起铁块。当她在木屋中哭泣的时候,泪水居然擦伤了她的脸颊,似乎泪珠已化作了石子。女乘客凄然说道,当她吃饱了之后,她瘦骨中的灵魂备感孤独,她就像死神一样茕茕孑立。"可后来,"她"在接到男劳改犯藏在土豆里的一张纸条后,再也没见到"他"。

可以读出,小说有着一个隐含的矛头,直指专制的残酷和生活的无望。但这一主题却是通过一个情感故事表现的。一切都是隐隐约约的，一切都是暗示性的，一切都在小说内部进行、开展。没有明确的反抗，也没有公开的声讨，但作家想要表达的，读者一看便会明白。这种无声胜有声的写法，更加动人心魄。这是作家和小说的默契，也是作家和读者的默契。与此同时，这也是文学和政治的微妙平衡。比起先前，女作家这时更注重语言的精练和细节的力度。句子简约，冷峻，更富有强度和力度。而小说中那些精致的细节充满了冲击力、感染力和无限的意味。比如稻草人细节。比如女工和男劳改犯传递土豆的细节。土豆是小说的关键词。一块土豆既让我们感到了温暖，也让我们感到了寒冷。它有着人的体温，也有着心的战栗，同人一样卑微，随时都会被一台无形的机器碾碎。

　　从这几篇小说，我们无疑就能领略到赫尔塔·米勒的文学魅力和独特风格。赫尔塔·米勒是个既注重语言，又注重形式的作家。她作品中的罗马尼亚，阴暗，寒冷，丑陋，邪恶，充满了死亡气息，有时几乎同地狱别无二致。基调永远都是黑色的。黑色是赫尔塔·米勒最喜欢的颜色。而语言节制，凝重，极具诗意和张力，同时又充满意味和暗示，弥散出淡淡的忧伤，让人感觉到一种冰冷的残酷的美。这样的作品往往更容易动人心魄。这虽是文学凝练，却又往往令人想到现实，想到政治。文学与现实，文学与政治，从来就没有清晰的界限。在米勒的作品中，这种界限更加模糊，难以区分。加上女作家在各种场合对罗马尼亚过去的声讨，对罗马尼亚现在的抨击，人们就更容易把她的小说同现实、同政治联系在一起。有趣的是，许多罗马尼亚人和德国人，没怎么读过她的小说，却都知道她移居德国后针对罗马尼亚的种种抗议行为，知道她和罗马尼亚安全部门之间的紧张关系，知道她在罗马尼亚期间受到的"迫害"。一个愤怒的作家的形象留在了公众的印象中。也正因如此，瑞典文学院常务秘书彼得·恩隆德称赞赫尔塔·米勒有着非常独特的写作风格，作品中涌动着一股令人难以置信的力量，敢于反抗专制，敢于揭露生活的阴暗，是位了不起的勇敢的作家。

黑色，阴影，模糊的界限。文学和现实，文学和政治，就这样融合在了一起，纠缠在了一起。究竟孰轻孰重，又有谁说得清呢。

获得诺贝尔文学奖，也就是获得了某种巨大的话语权。就在诺贝尔文学讲坛上，赫尔塔·米勒，身穿黑衣，再一次讲述起了她在罗马尼亚受到的迫害。赫尔塔·米勒还是个特别注重效果的作家。凭着"诗歌的凝练和散文的率真"，再加上她不断的控诉，她既赢得了无数的读者，也赢得了无数的同情者和支持者。

在罗马尼亚，有不少人知道赫尔塔·米勒的大名，却只有少数人读过她的作品。语言是重要的障碍。还有身份的差异。尽管如此，当赫尔塔·米勒获得诺贝尔文学奖的消息传来时，罗马尼亚人还是把这当作了自己的重大事件。毕竟，女作家有着深厚的罗马尼亚背景，是从罗马尼亚走出去的作家。弱小国家常常需要一些代表人物或特别事件来表明自身的存在，比如诺贝尔文学奖。斯特内斯库、索内斯库、齐奥朗等罗马尼亚作家曾先后被提名为诺贝尔文学奖候选人。但至今，还从未有罗马尼亚作家获得过这一奖项。于是，赫尔塔·米勒的获奖就部分地满足了一些罗马尼亚人的诺贝尔文学奖情结。于是，赫尔塔·米勒也就成了这样的代表人物。

只不过，在面对赫尔塔·米勒以及她的获奖时，罗马尼亚人还是发出了各种不同的声音，流露出各种不同的心态。

罗马尼亚作家联合会主席、文学评论家尼古拉·马诺内斯库宣称，赫尔塔·米勒获得诺贝尔文学奖，也是罗马尼亚的荣耀，因为谁都无法忽略她作品中的罗马尼亚根源。诗人、小说家米尔恰·格尔特内斯库认为，这份崇高的奖项也多多少少属于罗马尼亚文学，因为她毕竟是在罗马尼亚土地上成长起来的作家。老作家尼古拉·布莱班觉得，赫尔塔·米勒应该算是德国作家，因为她一直用德语写作，而且又移居到了德国。

也有人对赫尔塔·米勒获得诺贝尔文学奖提出质疑。罗马尼亚《真理报》主编、记者克里斯蒂安·图道尔·波佩斯库尖锐地指出了赫尔塔·米勒获奖的政治因素。他说："她所有时间都在谈论专制，而非文学。就像她是纳尔逊·曼德拉似的。也许她更该得诺贝尔和平奖。"

在一片对赫尔塔·米勒的评论声中，还有人翻开了各类罗马尼亚文学史和文学选本。他们甚至看到了欧仁·尤内斯库的名字，看到了保尔·策兰的名字，却怎么都找不到女作家赫尔塔·米勒的名字。由此可见，这么多年，许多罗马尼亚作家和评论家骨子里并没有把赫尔塔·米勒当作"自己的作家"。

几乎可以肯定，一些罗马尼亚作家和评论家会马上开始阅读赫尔塔·米勒的作品。让我们感到好奇的是，他们将会如何评价她呢。

细菌的志向

——读马林·索雷斯库

　　1996 年 12 月 6 日,马林·索雷斯库因患癌症逝世,年仅六十岁。又一位过早离去的罗马尼亚诗人。罗马尼亚著名评论家尼古拉·马诺内斯库不禁悲叹:"索雷斯库之死令我不知所措,令我悲痛不已。多么残酷的岁月啊! 我们的诗人正一个接一个地死去。"

　　面对死亡,索雷斯库本人倒显得十分的坦然。只是一次离去,和平时没什么区别:

> 他走了,没有检查一下
> 煤气是否关上,
> 水龙头是否拧紧。
>
> 没有因为新鞋挤脚
> 需要穿上旧鞋
> 而从大门返回。

从狗的身边走过时，

也没有同它聊上几句。

狗感到惊讶，然后又安下心来：

"这说明他

不会走得太远。

马上就会回来的。"

——《离去》（高兴译）

　　最后的时光，他写了不少诗，谈论死亡主题。这便是其中的一首，离去世仅仅几天。我在《罗马尼亚文学报》上读到这组诗时，有一种莫名的感动。依然的平静语调。依然的朴实手法。依然的温和气息。只是稍稍有些伤感，而适度的伤感令这组诗格外的动人。诗人在以自己特有的方式告别这个世界。我愿意郑重地称之为：索雷斯库的方式。

　　在罗马尼亚当代诗坛，索雷斯库享有极高的声望。他的诗歌题材极为广泛。爱情、死亡、命运、瞬间与永恒的关系、人与自然的冲突与融合、世间的种种荒谬、内心的微妙情感等都是他常常表现的主题。于是，人们想一定是丰富的阅历使他写出了丰富的作品。其实，他的阅历简单得几句话就可以概括：1936 年 2 月 19 日出生于罗马尼亚多尔日县布尔泽西狄乡一个农民家庭。童年和少年在乡村度过。中学期间，对文学，尤其是诗歌，发生兴趣。1955 年至 1960 年，就读于雅西大学语言文学系。诗歌写作正从那时开始。大学毕业后，先后在《大学生生活》杂志、《金星》周刊担任编辑。期间,曾到联邦德国和美国短期学习和考察。从 1978 年起,长期担任《枝丛》杂志主编。1994 年至 1995 年,也就是在罗马尼亚"剧变"后,担任过罗马尼亚文化部部长。

他的"从政"在罗马尼亚文学界引起了一定的争议,多多少少影响了他的声誉。好在创作实绩已为他确保了足够的"底气",也为他赢得了难以替代的文学地位。在四十余年的写作生涯中,索雷斯库出版了《孤独的诗人》《诗选》《时钟之死》《堂吉诃德的青年时代》《咳嗽》《云》《万能的灵魂》《利里耶齐公墓》(三卷)等十几部诗集。其中,《诗选》《利里耶齐公墓》等诗集获得了罗马尼亚作家联合会大奖、罗马尼亚科学院奖等多种文学奖。罗马尼亚文学史、文学报刊和无以数计的研究专著都对他的每一部作品作出了迅速的反应。他的诗歌被译成英语、法语、德语、俄语、汉语等几十种语言。除了诗歌外,他还写剧本、小说、评论和随笔。他的富有象征意味的剧作《约安娜》曾获罗马尼亚作家联合会大奖。罗马尼亚评论界因此称他为一位难得的"全能的作家"。

中国读者早在上世纪 80 年代就通过《世界文学》等刊物读到了马林·索雷斯库的诗歌。许多中国读者,包括不少中国诗人,都对索雷斯库的诗歌表现出了特别的兴趣和喜爱。关于索雷斯库,诗人车前子在《二十世纪,我的字母表》一文中写道:"很偶然的机会,我读到罗马尼亚诗人索雷斯库的诗作,感动之余,我觉得该做点什么:必须绕开他。诗歌写作对于 20 世纪末的诗歌写作者而言,差不多已是一种绕道而行的行为。"绕开他,实际上是一位诗人对另一位诗人最大的认可和敬意。而诗人蓝蓝如此评价索雷斯库:"他正是从日常生活'特定的场合'捕捉观察自身和事物时闪电般的感受,并将此化为令人震惊的诗句,而这一切都是在专制统治、个人独裁背景下发生的。"毋庸置疑中国诗人更容易贴近东欧诗人,包括索雷斯库。

在我读过的罗马尼亚诗人中,马林·索雷斯库是最让人感觉亲切和自然的一位。亲切到了就像在和你聊天。自然到了没有一丝做作的痕迹。写诗,其实多多少少都会有一点做作的味道。当今社会,道德力量和心灵力量日渐枯竭,这种做作的味道,似乎越来越浓了。要避开这一点,不是件容易的事。所谓大艺无痕,说的大概就是这个意思。

而面对索雷斯这样自然的诗人,你就很难评说。所有的评说和归类都会显得极不自然。

要理解索雷斯库,有必要稍稍了解一下罗马尼亚诗歌的历程。罗马尼亚,巴尔干半岛的一个异类。它实际上是达契亚土著人与罗马殖民者后裔混合而成的一个民族,属于拉丁民族。同意大利民族最为接近。语言上,也是如此。在历史上,长期被分为罗马尼亚、摩尔多瓦和特兰西尔瓦尼亚三个公国。这三个公国既各自独立,又始终保持政治、经济和文化等各方面的密切联系。作为弱小民族,长期饱受异族侵略、统治和凌辱。19 世纪起,借助于几次有利的发展机遇,罗马尼亚文学出现了几位经典作家:爱明内斯库、卡拉迦列和克莱昂格。真正意义上的罗马尼亚文学始于那个时期。1918年,罗马尼亚实现统一,进入现代发展时期。

由于民族和语言的亲近,罗马尼亚社会和文化生活一直深受法国的影响。一到布加勒斯特,你就能明显地感觉到法国文化的影子。在上世纪二三十年代,布加勒斯特甚至有"小巴黎"之称。那时,罗马尼亚所谓的上流社会都讲法语。作家们基本上都到巴黎学习和生活过。有些干脆留在了那里。要知道,达达主义创始人查拉是罗马尼亚人,后来才到了巴黎。诗人策兰,剧作家尤内斯库,音乐家埃内斯库,雕塑家布伦库西,文学家和哲学家齐奥朗,也都曾在罗马尼亚留下过自己的人生印迹。

统一给国家的发展注入了异常的活力。文化最能体现这种活力。或者更确切地说,文化本身就是一种活力。两次世界大战之间,罗马尼亚文化,包括哲学、文学和艺术,曾出现过空前的繁荣。诗歌领域就曾涌现出图道尔·阿尔盖齐、乔治·巴科维亚、伊昂·巴尔布和卢齐安·布拉加等杰出的诗人。他们以不同的诗歌追求和诗歌风格极大地丰富了罗马尼亚诗歌,共同奠定了罗马尼亚抒情诗的传统。这些诗人中,卢齐安·布拉加对于罗马尼亚当代诗歌,更具有承上启下的意义。

然而,在相当一段时间里,罗马尼亚紧随苏联,全面推行苏联模式。极"左"路线在二十世纪50年代达到登峰造极的地步,给整个国家带来了灾难。文学自然也无法幸免。文学评论家阿莱克斯·斯特弗内斯库在其专著《罗马尼亚当代文学史:

1941—2000 年》中形象地说道:"文学仿佛遭受了一场用斧头做的外科手术。"布拉加等诗人建立的罗马尼亚抒情诗传统遭到否定和破坏,罗马尼亚诗歌因而出现了严重的断裂。言论和创作自由得不到保证,不少作家和诗人只能被迫中断创作,有些还遭到监禁,甚至付出生命的代价。诗人和哲学家布拉加同样受到种种不公待遇:作品遭禁,教研室被取缔,教授生涯中止,被迫当起图书管理员。从 1949 年直至离世,诗人索性选择了沉默,在沉默中保持自己的尊严,在沉默中抗议这野蛮和黑暗的岁月。这段岁月后来被小说家马林·普列达称为"苦难的十年"。

进入 60 年代,由于国际和国内政治形势的变化,罗马尼亚文化生活开始出现相对宽松、活泼和自由的可喜景象。这一时期已被史学家公认为罗马尼亚的政治解冻期,时间上,大致同"布拉格之春"吻合,也不排除"布拉格之春"的影响,因此,也有罗马尼亚评论家称之为"布加勒斯特之春"。这一时期,卢奇安·布拉加等作家的作品被解除了禁戒。人们重又读到了两次大战之间许多重要诗人和作家的作品。也正是在这一时期,尼基塔·斯特内斯、马林·索雷斯库等诗人,仿佛听到了诗歌神圣的呼唤,先后登上诗坛,努力恢复和延续布拉加等诗人建立的罗马尼亚抒情诗传统,并以自己具有独特风格的诗歌,为诗坛吹来清新之风,开始致力于罗马尼亚诗歌的现代化运动。

在某种意义上,索雷斯库是以反叛者的姿态登上罗马尼亚诗坛的。为了清算教条主义,他抛出了一部讽刺模拟诗集《孤独的诗人》，专门嘲讽艺术中的因循守旧。尽管在那特定的时代，他还是个"孤独的诗人"，然而他的不同的声音立即引起了读者的注意。在以后的创作中，他的艺术个性渐渐显露出来。他的写法绝对有悖于传统，因此评论界称他的诗是"反诗"。

有人说他是位讽刺诗人，因为他的诗作常常带有明显的讽刺色彩。有人称他为哲理诗人，因为他善于在表面上看起来漫不经心的叙述中突然挖掘出一个深刻的哲理。他自己也认为"诗歌的功能首先在于认识。诗必须与哲学联姻。诗人倘若不是思想家，那就一无是处"。有人干脆笼统地把他划入现代派诗人的行列，因为无论是语言的选择还是手法的运用，他都一反传统。但他更喜欢别人称他为"诗人索雷斯库"。一位罗马尼亚评论家说："他什么都写，只是写法与众不同。"

写法不同，就需要目光不同，就需要想象和创造，就需要一双"不断扩大的眼睛"：

　　　　我的眼睛不断扩大，
　　　　像两个水圈
　　　　已覆盖了我的额头，
　　　　已遮住了我的半身，
　　　　很快便将大得
　　　　同我一样。

　　　　甚至超过我，

远远地超过我：

在它们中间，

我只是个小小的黑点。

为了避开孤独，我要让许多东西

进入眼睛的圈内：

月亮、太阳、森林和大海，

我将同它们一道

继续打量世界。

——《眼睛》(高兴译)

自由的形式，朴素的语言，看似极为简单和轻盈的叙述，甚至有点不拘一格，然而他会在不知不觉中引出一个象征，说出一个道理。表面上的通俗简单轻盈时常隐藏着对重大主题的严峻思考；表面上的漫不经心时常包含着内心的种种微妙情感。在他的笔下，任何极其平凡的事物，任何与传统诗歌毫不相干的东西都能构成诗的形象，都能成为诗的话题，因为他认为："诗意并非物品的属性，而是人们在特定的场合中观察事物时内心情感的流露。"

电车上的每个乘客

都与坐在自己前面的那位

惊人地相似。

兴许是车速太快，
兴许是地球太小。

每个人的颈项
都被后面那位所读的报纸
啃啮。
我觉得有张报纸
伸向我的颈项
用边角切割着我的
静脉。

　　　　　　　——《判决》（高兴译）

　　这已经是世界所面临的一个普遍问题了。个性和创造力的丧失，自我的牺牲，私人空间的被侵入，恐怕算是现代社会对人类最最残酷的判决了。如此情形下，诗人面临的其实是个严重的时刻，甚至是个深渊，就连上帝都是个聋子，他的声音还有谁听得见呢。

　　我忽然发现，骨子里，索雷斯库原来是那么的忧伤和沉重。

　　目光和思维，始终都在不停地转动，然后，不得不用诗歌表达，这就是马林·索雷斯库。"你内心必须具有某种使你难以入睡的东西，某种类似于细菌的东西。倘若真有所谓志向的话，那便是细菌的志向。"诗歌因此成为生命的有机组成部分。

他是个什么都要看看、什么都要说说的诗人。而且每次言说，都能找到一个绝妙的角度。对于诗人，对于作家，角度，常常就是思想，就是想象，就是智慧，就是创新。索雷斯库极为注重创新。他也十分明白创新的艰难。他认为诗歌的艰难到最后实际上就是创新的艰难："写诗就像弹钢琴一样必须从小学起。我们创作活动中的艰难阶段常常与我们自我更新的愿望紧密相连。我所谈的是主观上的障碍。就我个人而言，我总尽力避免使自己在一种类型中衰老。从一种类型到另一种类型的转变无疑意味着巨大的努力。但一旦成功，你便会享受到一种来自新天地的喜悦。你必须时常努力从一个新的角度来审视自己。"

当然，角度也就是情感。索雷斯库自称性格内向，喜欢含蓄。生活中，他不善言语，在公开场合，常常会由于不知所措，不停地捻着自己的胡子。诗人，仅仅用诗歌说话。他是个典型。因此，他的情感往往都潜藏于诗歌的深处。

可惜，罗马尼亚始于二十世纪 60 年代的开明时期并没有持续太久。而 70 年代和 80 年代可以说是专制统治最为黑暗的时期。但恰恰是这种黑暗，能让我们看到一名真正的诗人的智慧、勇气和力量。黑暗中，诗歌之光隐秘，却又耀眼，有拯救的意义。

俄罗斯诗人布罗茨基在评论踏上流亡之路的立陶宛诗人温茨洛瓦时，说过这样一段话："艺术是抗拒不完美现实的一种方式，亦为创造替代现实的一种尝试，这种替代现实拥有各种即便不能被完全理解,亦能被充分想象的完美征兆。"这段话适用于所有在专制政权下生活或生活过的诗人和艺术家。当然也适用于马林·索雷斯库。在专制政权下生活,也就是在禁忌下生活,也就是在夹缝中生存。夹缝中的生存需要勇气、坚韧和忍耐,更需要一种有效而智慧的表达。诗歌以其婉转,隐秘,浓缩和内在,成为最好的选择,恰似一丝丝无形的氧气,在社会和文化生活中,发挥着自己隐秘却不可忽视的作用。

于是,我们便可理解,为何在专制统治最为严酷的二十世纪80年代,在小说、戏剧、散文受到压抑,相对难以发展的情形下,罗马尼亚诗歌却一直如暗流般悄然奔突着,一刻也没有停歇。有一些作家,包括诗人,以沉默对抗着专制。也有一些诗人选择了流亡和出走。但更有一些诗人,立足于主流之外,不求名利,不畏专制,只顺从文学和内心的呼唤,孜孜不倦地从事着诗歌创作。他们将笔触伸向日常生活,伸向内心和情感世界,关注普通人物,关注所谓的"琐碎题材"和"微小主题",或者充分调动想象,以象征和寓言手法迂回地影射政治和现实。他们重视诗歌形式,重视角度和手法,重视语言的各种可能性,把艺术价值放在首位,同时也并不忽略社会效应、道德力量,以及同现实的连接。通过诗歌探索和实验,表达对专制的不满,对自由的向往,对教条和空洞的反叛,也是他们创作的重要动力。尽管诗歌抱负相似,但他们各自的写作又呈现出了强烈的个性色彩。在他们的作品中,我们也听出了各种语调,感到了各种气息,看到了各种风格。反讽,神秘,幽默,表现主义,超现实主义,文本主义,沉重,愤怒,寓言体,哀歌,等等等等,正是这些写作上的差异和不同,让他们发出了自己的声音。对于文学而言,发出自己的声音,是多么的重要。而不同的声音的交融,便让二十世纪 80 年代罗马尼亚诗歌有了交响乐般的丰厚,以及马赛克似的绚丽多彩。而在这些诗人中,斯特内斯库和索雷斯库以各自的方式,成为领军人物。随着时间的推移,我们越发意识到了他们的意义:他们实际上在一个关键时刻通过自己的诗歌写作和诗歌行动,重新激活了罗马尼亚诗歌的生命力和创造力,让罗马尼亚诗歌再度回到了真正的诗歌轨道,并为罗马尼亚诗歌的未来积蓄了巨大的能量。

每天晚上,
我都将邻居家的空椅
集中在一起,
为它们念诗。

倘若排列得当,
椅子对诗
会非常敏感。

我因而
激动不已,
一连几个小时

给它们讲述

我的灵魂在白天

死得多么美丽。

我们的聚会

总是恰到好处，

绝没有多余的

激情。

不管怎样

这意味着

人人责任已尽，

可以继续

向前了。

——《奇想》（高兴译）

怎么能没有诗歌？任何时代都不能没有诗歌。它可以帮助你寻找灵魂、抵御灰暗和孤独。它甚至就是你的灵魂。诗人何为，尤其在苦难和灰暗的年代？索雷斯库似乎在告诉我们：对于诗人，生命意识、社会担当和道德责任，都同样的重要。

诗人蓝蓝写过一篇精彩的文章，谈论罗马尼亚诗歌。她在其中说道："语言是生命的居所，是一切隐秘事物的幽居地，也是爱和意义的诞生之处。诗人的作用在于激发出语言的某种独特的形式，使无语中的事物开始说话和表达自身，这即如对生命和爱的呼唤，以便和人内心对爱的渴望和牺牲付出的愿望相对称。在这两者交汇的雷电中，生命和诗互相被照亮，洞彻我们晦暗不明的存在。"

　　蓝蓝说得真好。她显然就是在说马林·索雷斯库，在说尼基塔·斯特内斯库，在说切斯瓦夫·米沃什，在说所有真正意义上的诗人。

他一生都在聆听村庄的心跳
——读布拉加

　　我向来以为,阅读需要适当的时间、气候、环境和心情。比如,阅读布拉加,就最好在晴朗的夜晚,在看得见星星的地方,在宁静笼罩着世界和心灵的时刻。

　　倘若能够来到村庄,那就更好了。村庄,那里有永恒和神秘的源头。瞧,布拉加早就发出了邀约:

> 孩子,把手放在我的膝上。
>
> 我想永恒诞生于村庄。
>
> 这里每个思想都更加沉静,
>
> 心脏跳动得更加缓慢,
>
> 仿佛它不在你的胸膛,
>
> 而在深深的地底。
>
> 这里拯救的渴望得到痊愈,
>
> 倘若你的双足流血,
>
> 你可以坐在田埂上。

瞧,夜幕降临。

村庄的心在我们身旁震颤,

就像割下的青草怯怯的气息,

就像茅屋檐下飘出的缕缕炊烟,

就像小羊羔在高高的坟墓上舞蹈嬉戏。

——《村庄的心》

　　对于布拉加来说,村庄是根,是基本背景,是灵魂,是凝望世界最好的窗口,同时它还是治愈者和拯救者。这显然同他的出生地点和生长环境有着紧密的关联。我们有必要稍稍来了解一下布拉加的人生轨迹。

　　卢齐安·布拉加是罗马尼亚文学史上罕见的集哲学家、诗人、剧作家、美学家、外交家、学者于一身的杰出文化人物。他1895年5月9日出生于当时尚处奥匈帝国统治下的阿尔巴尤利亚让克勒姆村。父亲是一名乡村东正教牧师,通晓德语,热爱德语文化。母亲是一位普通的农家女。耐人寻味的是,布拉加出生后一直保持缄默,直到四岁才开口说话。这极像某种人生隐喻。后来,有人问他为何迟迟不开口说话时,他的回答是害怕说错话。在塞贝希上小学时,他接受的是匈牙利语教育,同时跟着父亲学会了德语,并且很小就开始阅读德文哲学著作。十三岁时,布拉加失去了父亲。在此情形下,母亲将他送到布拉索夫,在亲戚约瑟夫·布拉加的监护下,继续上中学。约瑟夫·布拉加写过戏剧理论专著,对布拉加的兴趣培养和人生走向肯定有所影响。第一次世界大战爆发时，为躲避兵役和死神，布拉加进入锡比乌大学攻读神学，1917 年毕业后，又紧接着前往维也纳大学专攻哲学，并于 1920 年获得哲学博士学位。一战结束后，布拉加家乡所在的特兰西瓦尼亚地区回归罗马尼亚。布拉加学成后回到祖国，回到家乡，有一段时间，担任杂志编辑，并为各类刊物撰稿。他最大的愿望是到大学任教，但最初求职未果。1926 年，布拉加进入罗马尼亚外交界，先后在罗马尼亚驻华沙、布拉格、里斯本、伯尔尼和维也纳机构任职，担任过文化参赞和特命全权公使。他的政治庇护人是声名显赫的罗马尼亚政治家和诗人奥克塔维安·戈加。事实上，戈加同布拉加夫人有亲戚关系，一度担任过罗马尼亚首相，他特别欣赏布拉加的才华，十分愿意重用布拉加，但布拉加的兴致却一直在文化哲学和文学创作上。1936 年，布拉加当选为罗马尼亚科学院院士，发表了题为《罗马尼亚乡村礼赞》的演讲词。1939年，布拉加终于如愿以偿，来到克卢日大学，创办文化哲学教研室，成为文化哲学教授。1948 年，由于拒绝表示对当局的支持，布拉加失去教授职务，并被禁止发表任何作品。为谋生计，他不得不当起了图书管理员。1956 年，流亡巴黎的罗马尼亚文学史家巴西尔·蒙特亚努和意大利学者、爱明内斯库专家罗莎·德·贡戴提名布拉加为诺贝尔文学奖候选人，遭到罗马尼亚政府抗议。1961 年 5 月 6 日，布拉加含冤离世，5 月 8 日，就在他生日那天，几位亲友将他的遗体安葬在让克勒姆乡村墓地。走了一大圈，布拉加最终永远回到了乡村。

可以说,对于卢齐安·布拉加,无论在心灵意义上,还是在创作意义上,乡村都既是他的起点,又是他的归宿。童年和少年,在乡村,一边读着文学作品,一边望着田野和天空,视野变得辽阔,和世界的交流也就成为一件自然而然的事。兴许是深奥而又神秘的天空的缘故,加上父亲的感染,他几乎在迷恋文学的同时,又迷恋上了神学和哲学。当他从维也纳学成归来时,既带着博士论文,也带着自己的诗稿《光明诗篇》。而他把这些成就统统归功于乡村。他在当选为罗马尼亚科学院院士时发表的演讲词就以乡村为主题,毫无保留地赞美乡村。他说乡村既是他的生活空间,也是他的精神空间。乡村如同神话空间,有着丰富性,多元性,天然性,自由性,神圣性和无限性。这里宁静,缓慢,适合思想、观察和感受,正是永恒和价值理想的诞生地。罗马尼亚出色的民谣《小羊羔》《工匠马诺莱》,还有多姿多彩的多伊娜民歌都是在乡村孕育而生的。他本人就是从乡村走出来的诗人和哲学家。以乡村为坐标,我们或许更能贴近他的作品。

布拉加上大学时开始诗歌写作。1919 年,处女诗集《光明诗篇》甫一出版,便受到罗马尼亚文学界瞩目,并获得罗马尼亚科学院大奖。接着,他又先后推出了《先知的脚步》《伟大的流逝》《睡眠颂歌》《分水岭》《在思念的庭院》和《可靠的台阶》等诗集。后来虽被禁止发表作品,却一直没有停止诗歌写作,即便在最灰暗最困厄的时期,依然怀着童真般的创作热情。能否发表于他已不重要,关键在于写,在于表达,为诗歌,更为内心。

在他离世后,他的女儿朵丽尔·布拉加历经艰辛,整理出版了他创作于四五十年代的《火焰之歌》《独角兽听见了什么》《运送灰烬的帆船》和《神奇的种子》等四部诗集。诗歌外,他还创作出版了《工匠马诺莱》《诺亚方舟》等八部剧本,以及大量的哲学和理论著作,其中最具代表性的是他的文化哲学四部曲《认识论》《文化论》《价值论》和身后出版的《宇宙论》。在布拉加的所有成就中,他的诗歌成就最为人津津乐道。

在罗马尼亚,人们也处处能听到他的诗歌声音,感受到他的不朽存在。那是 2001 年 5 月,我应邀来到罗马尼亚北方重镇克卢日,参加卢齐安·布拉加诗歌节,还有幸见到了布拉加的女儿朵丽尔。朵丽尔听说我翻译了不少布拉加诗歌时,露出了欣慰的笑容。克卢日是一座异常整洁和安静的城市。几座宏伟的教堂让这座城市有了精神。布拉加曾在这里生活了许多年。

在克卢日国家剧院的门前,我看到了布拉加的雕像,大得超乎想象,如一个巨人。他低着头,望着地面,像在沉思,又像在探寻。栩栩如生的诗人哲学家的形象,我不由得想。无论作为诗人,还是哲学家,宇宙的奥妙都始终是布拉加的内心动力和写作灵感。

　　我不践踏世界的美妙花冠,

　　也不用思想扼杀

　　我在道路上、花丛中、眼睛里、

嘴唇上或墓地旁

遇见的形形色色的秘密。

他人的光

窒息了隐藏于黑暗深处的

未被揭示的魔力，

而我，

我却用光扩展世界的奥妙——

恰似月亮用洁白的光芒

颤悠悠地增加

而不是缩小夜的神秘。

就这样带着面对神圣奥妙的深深的战栗，

我丰富了黑暗的天际，

在我的眼里

所有未被理喻的事物

变得更加神奇——

因为花朵、眼睛、嘴唇和坟墓

我都爱。

——《我不践踏世界的美妙花冠》

　　一颗谦卑的心灵，面对奇妙的世界，充满了爱和敬畏，这是布拉加的姿态。在他的沉思和探寻中，我听到了神性的轻声呼唤。那神性既在无限的宇宙，也在无限的心灵。

　　在罗马尼亚人的眼里，布拉加就是这么一个谦卑而又伟大的文化巨人。每年的 5 月 9 日, 在布拉加的诞辰日, 无数罗马尼亚作家、诗人和学者都会从各地赶到克卢日, 以研讨和朗诵的形式, 纪念这位诗人和哲学家。

当诗人同时又是哲学家时, 往往会出现一种危险: 他的诗作很容易成为某种图解, 很容易充满说教。布拉加对此始终保持着一份清醒和警惕。他明白诗歌处理现实的方式不同于哲学处理现实的方式。"哲学意图成为启示, 可最终却变成创作。诗歌渴望成为创作, 但最后却变成启示。哲学抱负极大, 却实现较少。诗歌意图谦卑, 但成果超越。"他曾不无风趣地写道。但诗歌和哲学又不是截然对立的, 它们完全有可能相互补充, 相互增色。布拉加就巧妙地将诗歌和哲学融合在了一起。这简直就是感性和理性的妥协和互补。他的诗作在某种意义上正是他哲学思想的"诗化", 但完全是以诗歌方式所实现的"诗化"。他认为宇宙和存在是一座硕大无比的仓库, 储存着无穷无尽的神秘莫测而又富于启示的征象和符号, 世界的奥妙正在于此。哲学的任务是一步步地揭开神秘的面纱。而诗歌的使命则是不断地扩大神秘, 聆听神秘。于是, 认知和神秘, 词语和沉默这既相互对立又彼此依赖的两极, 便构成了布拉加诗歌中特有的张力。

面带大胆的微笑我凝望着自己,
把心捧在了手中。

然后, 颤悠悠地

将这珍宝紧紧贴在耳边谛听。

我仿佛觉得
手中握着一枚贝壳，
里面回荡着
一片陌生的大海
深远而又难解的声响。

哦，何时我才能抵达，
才能抵达
那片大海的岸边，
那片今天我依然感觉
却无法看见的大海的岸边？

——《贝壳》

聆听，并渴望抵达，渴望认知，却又难以抵达，无法认知，我们仿佛看到诗人布拉加紧紧握住了哲学家布拉加的手。但哲学和诗歌的联姻十分微妙，需要精心对待，因为布拉加发现："在哲学和诗歌之间，存在着一种择亲和势，但也有着巨大分歧。哲学之不精确性和诗歌之精确性结合起来，会组成一个美满的家庭，产生出一种超感觉的上乘诗作。可是，哲学之精确性和诗歌之不精确性混为一道，则会组成一个糟糕的家庭。所谓哲学诗、教育诗和演讲诗都是基于后面这种婚姻之上的。"有时，为了保护诗艺，就得用上另一件利器，这就是布拉加时常强调同时也不断运用的诗歌秘密："人们说诗歌是一种语言的艺术。不错！但诗歌同时又是一种无言的艺术。确实，沉默在诗歌中应当处处出现，犹如死亡在生命中时时存在一样。"也正因如此，布拉加给自己描绘了这样一幅自画像：

> 卢齐安·布拉加静默，一如天鹅。
>
> 在他的祖国，
>
> 宇宙之雪替代词语。
>
> 他的灵魂时刻
>
> 都在寻找，
>
> 默默地、持久地寻找，
>
> 一直寻找到最遥远的疆界。
>
> 他寻找彩虹畅饮的水。
>
> 他寻找
>
> 可以让彩虹
>
> 畅饮美和虚无的水。
>
> ——《自画像》

虽然诗人"静默，一如天鹅"，但他的心却怀着认知的渴望，始终在"默默地、持久地寻找，一直寻找到最遥远的疆界"。这其实也是布拉加一生的寻找和追求，他坚信，诗人之路就该是一条不断接近源泉的路。或者,换言之,他给诗歌下的定义之一是"一道被驯服的涌泉"。

罗马尼亚文学史家罗穆尔·蒙泰亚努说得更加明白:"无论从高处看,还是从低处看,无论向里看,还是往外看,世界对于卢齐安·布拉加都好似一本有待解读的巨大的书,好似一片有待破译的充满各色符号的无垠的原野",因此,布拉加总是努力地"将一种语言转换成另一种语言","将一个代码转换成另一个代码",同样因此,在布拉加看来,"任何书都是种被征服的病"。蒙泰亚努认为,有三种诗人:一种诗人创作诗歌,另一种诗人制作诗歌,还有一种诗人秘密化诗歌。而布拉加无疑属于最后一种诗人。

没错,布拉加的诗歌总是散发出浓郁的神秘主义气息。他坚信,万物均具有某种意味,均为某种征兆。诗人同世界的默契是:既要努力去发现世界隐藏的奥妙,又要通过诗歌去保护和扩展世界的神秘。在他的笔下,"光明"象征生命和透明,"黑暗"象征朦胧和宁静,"花冠"象征存在,"风"代表摧毁者或预言者,"水"象征纯洁,有时也象征流逝,"黑色的水"象征死亡,"血"是液体的存在,象征着生命、祖传、活力、奉献和牺牲,"泪"意味着忧伤、温柔、回忆、思念和释放,"大地"确保人类存在的两面:精神和物质,本质和形式,持续和流逝,词语和沉默……"雨"则是忧郁和悲伤的源泉。而当"雨"变成"泪一般流淌不息的雨滴"时,就已然成为忧郁本身了:

流浪的风擦着窗上

冷冰冰的泪。雨在飘落。

莫名的惆怅阵阵袭来，

但所有我感到的痛苦

不在心田，

不在胸膛，

而在那流淌不息的雨滴里。

嫁接在我生命中的无垠的世界

用秋天和秋天的夜晚

伤口般刺痛着我。

白云晃着丰满的乳房向山中飞去。

而雨在飘落。

——《忧郁》

需要强调的是，在布拉加的诗歌中，这些意味并不是固定不变的，有时也会随着心境、语境和环境的变化而有所变化。

布拉加的诗歌还明显地带有一丝表现主义色彩：注重表现内心情感，激情，伤感，充满灵魂意识，力图呈现永恒，讴歌乡村，排斥城市，向往宁静和从容。但不同于典型的表现主义作品的是，他的诗歌神秘却又透明，基本上没有荒诞、扭曲、变形和阴沉，语调有时甚至是欢欣的，时常还有纯真和唯美的韵味。他不少诗歌中对美的敏感和迷恋就给读者留下深刻的印象，比如那组《美丽女孩四行诗》：

一个美丽女孩

是一扇朝向天堂敞开的窗户。

有时,梦

比真理更加真实。

一个美丽女孩

是填满模具的陶土,

即将完成,呈现于台阶,

那里,传奇正在等候。

多么的纯洁,一个女孩

投向光中的影子!

纯洁,犹如虚无,

世上唯一无瑕的事物。

作为哲学家-诗人,布拉加的目光敏锐而深邃。他很善于抓住事物的本质,然后再用形象的语言表达出来。短诗《三种面孔》就生动地道出了人生三个不同阶段的特质,在某种程度上,也预言了他自己的命运:

儿童欢笑:

"我的智慧和爱是游戏!"

青年歌唱:

"我的游戏和智慧是爱!"

老人沉默:

"我的爱和游戏是智慧!"

在最后的十余年里,他真的沉默了,尽管那时,他在哲学、诗歌、美学、戏剧等诸多领域都已作出非凡的成就。失去了讲坛,失去了言说和发表的权利,失去了同读者交流的平台,他只能"像天鹅一样地静默了"。事实上,他并没有完全静默。据罗马尼亚文学评论家阿莱克斯·斯特凡内斯库描述,在最后的岁月里,他依然在写诗歌,在翻译歌德的《浮士德》,在整理和编辑自己的作品。一个坚信永恒价值的哲人和诗人怎么可能那么说放弃就放弃了呢?!面对艰难,面对困厄,他似乎早就作好了心理准备:

不容易的还有那歌声。

昼与夜——世上的一切都不容易:

露是通宵歌唱的夜莺

因疲劳而流下的汗。

——《四行诗》

但作为诗人,布拉加明白,他"属于独立的民族",属于将言说和沉默融为一体的异类,诗人的使命就是要"效忠于一门早已失传的语言":

不要惊奇。诗人,所有的诗人属于

独立的民族,绵延不断,永不分离。

言说时,他们沉默。千百年来,生死交替。

歌唱着,依然效忠于一门早已失传的语言。

深深地,通过那些生生不息的种子,

他们常常来来往往,在心的道路上。

面对音和词,他们会疏远,会竞争。

而没有说出的一切同样会让他们如此。

他们沉默,如露水。如种子。如云朵。

如田野下流动的溪水,他们沉默着,

随后,伴随着夜莺的歌声,他们又

变成森林中的源泉,淙淙作响的源泉。

——《诗人》

  让我们感到宽慰的是,布拉加逝世几年后,尤其在 1965 年后,他为罗马尼亚文化所作出的卓越贡献得到公认。禁令废除,他的作品再度出现在罗马尼亚公众视野。罗马尼亚文学评论家们开始阅读和研讨布拉加诗歌,并纷纷给予高度的评价。文学评论家米·扎奇乌称赞道:"继爱明内斯库之后,罗马尼亚诗歌在揭示大自然和宇宙奥秘方面之所以能获得如此广度,卢齐安·布拉加的贡献是任何两次大战之间的诗人无法比拟的。"罗马尼亚科学院院长、文学评论家欧金·西蒙断言："没有任何一个两次大战间的诗人对后世有着像卢齐安·布拉加那样重大的影响。"确实,在斯特内斯库、索雷斯库和布兰迪亚娜等罗马尼亚当代最优秀的诗人身上,我们都能看到布拉加的影子。瞧,诗人布拉加曾经沉默,随后,真的"又变成森林中的源泉,淙淙作响的源泉"。

他"美丽得犹如思想的影子"
——读斯特内斯库

罗马尼亚有举办诗歌节的传统。诗人们聚集在海边或林中空地,饮酒诵诗,通宵达旦,常常把时间抛在一边。

在这样的场合,尼基塔·斯特内斯库往往是中心人物。那是 20 世纪 70 年代。当时,他也就四十来岁,高高的个子,稍显瘦弱,一头金发,英俊潇洒,无拘无束,又充满了活力,极能吸引众人的目光。他的周围常常围着一群热爱诗歌的美丽的女人。诗歌,女人和酒,他在生活中最最看重这些了。典型的先锋形象,倒也十分符合他在罗马尼亚诗坛上的地位。

"哦,我曾是一个美丽的人/瘦弱而又苍白。"他自己写道。

许多罗马尼亚人都能背诵他的诗歌。可惜,这个美丽的人过早地离开了人世。那是 1983 年。他刚刚五十岁。有人说,他的死亡同酗酒有关。

时空转换。80 年代中期,中国,西子湖畔,我和罗马尼亚女演员卡门不由得谈起了斯特内斯库。就是在那一刻,卡门轻轻地为我吟诵了斯特内斯库的《追忆》:

她美丽得犹如思想的影子
她的后背散发出的气息
像婴儿的皮肤，
像新砸开的石头，
像来自死亡语言中的叫喊。

她没有重量，恰似呼吸。
时而欢笑，时而哭泣，硕大的泪
使她咸得宛若异族人宴席上
备受颂扬的盐巴。

她美丽得犹如思想的影子。
茫茫水域中，她是唯一的陆地。

至今还记得卡门吟诵这首诗时动情的样子。我被打动了。因为感动，也因为喜欢，我当场就记下了这首诗，很快便将它译成了汉语。

反复地读，反复地品，我读出了我品到的味道。

追忆本身是一种难以捉摸的思维活动。但在诗人的描绘下，追忆竟变得有声有色，具体可感。诗中的"她"既可理解为追忆的象征，也可理解为追忆的具体对象。"思想的影子"，抽象和具象的结合，多么奇特的意象，给"美丽"罩上了一层神秘的色彩，可以激发读者的无限想象。追忆可以给人带来各种各样错综复杂的感受,有时,"她"像"婴儿的皮肤"那样纯洁甜美,有时,"她"像"新砸开的石头"那样能够粗犷有力,有时,"她"又像"来自死亡语言中的叫喊"那样悲壮感人。"她"尽管"没有重量,恰似呼吸",但我们分明能感觉到"她"的分量。"她"既能给我们带来欢笑,也能使我们陷入痛苦。泪水的缘故,"她咸得宛若异族人宴席上/备受颂扬的盐巴"。不管怎样,"她"代表着一种真实,人生中,只要有这种真实,人们便会看到希望,感到慰藉,因为"茫茫水域中,她是唯一的陆地"。

　　一首短诗,竟像一把高超的钥匙,开启了我们的所有感觉。我们需要用视觉来凝视美丽的"思想的影子";需要用嗅觉来闻一闻"婴儿的皮肤"所散发出的带有奶油味的芳香;需要用听觉来倾听"来自死亡语言中的叫喊";需要用味觉来品尝像盐巴一样咸的泪水。于是,一种难以言说的美便在我们心中油然而生。那美,是诗歌,同时又超越诗歌。

　　我也因这首短诗而真正关注起斯特内斯库来。

　　尼基塔·斯特内斯库1933年3月31日出生于罗马尼亚普洛耶什蒂市一个富裕家庭。他的父亲尼古拉·斯特内斯库是位作坊主,母亲塔迪亚娜·切里亚邱金是俄国移民。斯特内斯库从小就享受着优越的物质条件和良好的文化氛围。战前,他们家拥有汽车、自行车、收音机和照相机,全家时常开车或骑车郊游。父母都喜爱文艺,多多少少影响到斯特内斯库的成长。

　　斯特内斯库聪颖,也淘气,小学一年级曾经留级,但总体来说,学习成绩不错。进入著名的卡拉伽列中学后不久,他很快就因为种种"超凡举动"成了校园小名人:喜欢画漫画,写黑话诗,踢足球,并爱上了一位同学的姐姐。一度,他曾沉浸于阅读惊险文学和侦探小说,后来又通过罗马尼亚诗人乔治·托帕尔切亚努的作品迷恋上了诗歌世界,并因此确定了自己的人生走向。

1952 年至 1957 年,斯特内斯库就读于布加勒斯特大学罗马尼亚语言文学系。罗马尼亚声名显赫的文学大师乔治·克林内斯库曾执教于语言文学系,并为该系营造了浓郁的文学氛围。这一氛围神奇般地长久保持着,有一阵子以地下隐秘的方式,熏陶和培育了一批又一批文学青年。斯特内斯库便是其中的一员。大学学习期间,他曾有幸见到了罗马尼亚著名的数学家诗人伊昂·巴尔布。巴尔布幽默风趣的谈吐和优雅迷人的风度深深打动了青年斯特内斯库。与巴尔布的会面,很大程度上,点燃了他成为诗人的渴望。

他继续创作黑话诗系列,这些诗幽默,新颖,在大学校园传播着,给斯特内斯库带来了小小的名气,但并没为他戴上诗人的桂冠。很大的原因是另一名大学生诗人尼古拉·拉比什的存在。拉比什小斯特内斯库两岁,却已凭借诗篇《小鹿之死》声名鹊起,光彩夺目,成为众多青年心目中的偶像。然而,让人扼腕叹息的是,1956 年 12 月 22 日深夜,拉比什不幸遭遇事故,意外辞世,年仅二十一岁。一颗诗歌新星就此陨落。

斯特内斯库从中学起就显露出豪放不羁的性情。他谈了一场又一场恋爱。十九岁时就经历了第一次婚姻。大学最后一年，又与热爱拉比什诗歌的杜伊娜·邱利亚订了婚。1957年，他先后在《论坛》和《文学报》发表处女诗作。诗中的知性倾向和叛逆词汇遭到了一些评论家的指责。这恰恰让斯特内斯库引起了更多人的关注。

大学毕业后，斯特内斯库成为《文学报》编辑，开始进入布加勒斯特文学圈。1960年，他的首部诗集《爱的意义》出版，其中，人们读到了如此清新、独特、不同凡响的诗作：

哦，事物没有与我一道生长。

某时，在我雾气缭绕的
童年，它们只够到
我的下巴。

后来，
战争结束时，
它们勉强同我的腰齐平，
就像一把痛苦的石剑。

此刻，
它们甚至低于我的踝骨，
酷似几只忠诚的狗，

举起手臂,触摸星辰的

第二副面孔。

而青春庆典中

响起天体音乐,

愈来愈紧密地回荡着。

——《颂歌》

  这是多么骄傲、自信和反叛的生长,甚至高过万事万物,既是青春激情的庆典,更是自我确立的庆典。在这样的庆典中,你可以听到真正的音乐:天体音乐。

  如此诗篇很快确立了斯特内斯库新生代作家领军人物的地位。新生代作家中有诗人马林·索雷斯库、安娜·布兰迪亚纳、切扎尔·巴尔达格、贝德莱·斯托伊卡、伊昂·格奥尔杰、格里高莱·哈久、安格尔·敦布勒维亚努等,小说家尼古拉·布莱班、杜米特鲁·拉杜·波佩斯库、奥古斯丁·布祖拉、弗努什·内亚古、尼古拉·维莱阿、森泽亚纳·博普、伊昂·伯耶舒、斯特凡·伯努莱斯库等,评论家欧金·西蒙、尼古拉·马诺莱斯库等。这些作家中不少都是斯特内斯库的密友。他们是幸运的,逢到了上世纪60年代初罗马尼亚文化生活中出现的难得的"解冻期"。

  上世纪50年代,罗马尼亚社会和文化生活曾经历令人窒息的僵化和教条,严重阻碍了文艺创作的正常发展。进入60

129

年代,由于国家政策的调整和改变,社会和文化生活开始出现相对宽松、活泼和自由的可喜景象。以斯特内斯库为代表的新生代作家们及时抓住这一宝贵而难得的历史机遇,几乎在一夜之间纷纷登上文坛,让那些教条主义者顿时无立身之地。在诗歌领域,他们要求继承第二次世界大战前罗马尼亚抒情诗的优秀传统,主张让罗马尼亚诗歌与世界诗歌同步发展。在他们的作品中,自我,内心,情感,自由,重新得到尊重,真正意义上的人重新站立了起来。他们个个热血沸腾,充分意识到了自己的使命:要做文学的继承者、开拓者和创新者。就在这样的情形下,作为诗歌先锋的斯特内斯库展开了他旋风般的诗歌生涯。

> 在树木看来,
>
> 太阳是一段取暖用的木头,
>
> 人类——澎湃的激情——
>
> 他们是参天大树的果实
>
> 可以自由自在地漫游!

> 在岩石看来,
>
> 太阳是一块坠落的石头,
>
> 人类正在缓缓地推动——
>
> 他们是作用于运动的运动,
>
> 你看到的光明来自太阳!

在空气看来，

太阳是充满鸟雀的气体，

翅膀紧挨着翅膀，

人类是稀有的飞禽，

他们扇动体内的翅膀，

在思想更为纯净的空气里

尽情地飘浮和翱翔。

——《人类颂歌》

人的激情可以开掘出无限的潜力，可以激发起巨大的能量。诗人同样如此。"在思想更为纯净的空气里/尽情地飘浮和翱翔"，从这句诗中，就可以看出斯特内斯库当时的诗歌志向和内在激情。他以几乎每年一本，有时甚至两本和三本的疯狂节奏，接连推出了《情感的幻象》《时间的权利》《哀歌十一首》《阿尔法》《蛋和球体》《垂直的红色》《非语词》《有片土地名叫罗马尼亚》《甜蜜的古典风格》等十六部诗集和两本散文集。激情让诗人写出一首又一首诗，也让他一次又一次进入恋爱状态。诗歌和恋爱都需要激情，激情又能催生诗歌和恋爱。斯特内斯库写诗的同时，恋爱，结婚，又离婚，再恋爱，再结婚，不断地从一个家搬到另一个家，时常，索性寄居于不同的朋友家中，时而处于幸福甜蜜状态，时而又陷入忧郁沮丧情绪。这倒是让他写出了不少忧伤却优美的情诗，《忧伤的恋歌》就是其中十分动人的一首：

惟有我的生命有一天会真的

为我死去。

惟有草木懂得土地的滋味。

惟有血液离开心脏后

会真的满怀思恋。

天很高，你很高，

我的忧伤很高。

马死亡的日子正在来临。

车变旧的日子正在来临。

冷雨飘洒，所有女人顶着你的头颅，

穿着你的连衣裙的日子正在来临。

一只白色的大鸟正在来临。

　　激情既意味着创造，同时也意味着消耗和吞噬。斯特内斯库常常彻夜写作或聊天，又有酗酒的毛病，身体很快受到损害。1983 年 12 月 13 日，斯特内斯库因心脏病突发而离开了人世。他那正处于巅峰状态的诗歌创作中途而止。

　　阅读斯特内斯库，我们会发现，诗人非常注重意境和意象的提炼。而意境和意象的提炼，意味着摒弃陈词滥调，冲破常规，发掘词语的潜力，拓展语言的可能性，捕捉世界和人生的意义。在一次答记者问中，他承认自己始终在思考着如何让意境和意象更加完美地映照出生命的特殊状态。他极力倡导诗人用视觉来想象。在他的笔下，科学概念、哲学思想，甚至连枯燥的数字都能插上有形的翅膀，在想象的天空任意舞动。这是诗歌的需要，他一次又一次地强调。

在 20 世纪六七十年代，斯特内斯库的诗歌创作和诗歌活动带有悲壮的开拓和牺牲意味。曾经有一段时间，他被某些评论家看作怪物，他自然要为此付出代价。"有时，我甚至祈求上苍不要赋予我莎士比亚的天才。我惊恐地意识到你得为这种天才付出多么昂贵的代价。而对于这些代价我却没有丝毫的准备。"他曾在一次访谈中说道。可与此同时，他又意识到"没有代价，价值便难以实现。在我们的民间文学中流传着有关牺牲的神话绝不是偶然的。谁不认准一个方向，谁就一事无成"。

在斯特内斯库等诗人的共同努力下，罗马尼亚诗歌终于突破了教条主义的束缚，进入了被评论界称之为"抒情诗爆炸"的发展阶段。斯特内斯库便是诗歌革新运动的主将。当人们称他为"伟大的诗人"时，他立即声明："我不知道什么是'一位伟大的诗人'，我只知道什么是'一首伟大的诗'。"他自然希望自己已经写出了一首伟大的诗。他还特别强调时代的重要性：

我认为诗人没有自己的

时代；时代拥有自己的诗人，

总而言之，时代遇见自己的诗人。

随着时间的推移，人们越发意识到了斯特内斯库的价值和意义：他实际上在一个关键时刻通过自己的诗歌写作和诗歌行动，重新激活了罗马尼亚诗歌的生命力和创造力，让罗马尼亚诗歌再度回到了真正的诗歌轨道，并为罗马尼亚诗歌的未来积蓄了巨大的能量。

不知怎的，我一直忘不了斯特内斯库讲过的一个故事：

> 有一年的 5 月 2 号，我们到海边的一个地方去。当时，我很年轻，正在恋爱。我并不特别喜爱大海。我更喜欢丘陵和高山。我在屋子里待了两天。有一面墙上挂着一块土耳其挂毯，上面绣着"掠夺苏丹王宫图"。画面的中央立着一匹马。一天晚上，我在屋子里等朋友等了好长时间，可他们依然迟迟不归。这时，我突然觉得这是匹活马，并试图往上骑。我骑了一次又一次，最后腿都快折断了。上帝保佑，原来有些马是无法让人骑的。

你明白他想说什么吗？他兴许想说，诗人就是把艺术幻想当作生活现实或者把生活现实当作艺术幻想的人。诗歌，乃至文学，实际上，是一项伟大的艺术幻想事业。在此意义上，用斯特内斯库的诗歌名句来形容，真正的诗人，其中当然包括斯特内斯库，都"美丽得犹如思想的影子"。

Ⅳ 山鹰民族的文化代表

——阿尔巴尼亚作家卡达莱

在战争那无边的阴影中

——读卡达莱的《亡军的将领》

伊斯梅尔·卡达莱以诗歌登上阿尔巴尼亚文坛。他的《群山为何而沉思默想》和《山鹰高高飞翔》等长诗还曾获得过恩维尔·霍查的赞扬。可见,他曾是一位多么风光的"党和人民的诗人"。然而,是小说,更确切地说,就是长篇小说《亡军的将领》,开始让他在世界范围内获得了更大的风光。对于无数读者来说,卡达莱无疑就是阿尔巴尼亚当代文学的代表。

《亡军的将领》是部反映战争的小说,可时间却在战争结束差不多二十年之后。硝烟早已散尽。一位意大利将军踏上了阿尔巴尼亚的土地,带着一项特殊的使命:寻找并挖掘意大利士兵的尸骨,然后,将它们带回祖国。将军的心里充满了神圣感和光荣感,因为"成千上万的士兵的遗体埋在地下,那么多年来一直等待他的到来。现在,他来了,要把他们从泥土中取出来,送给他们的父母和亲属"。

由此,我们也就看到了小说的角度和主线。一个独特的角度,一条独特的主线。这一角度和主线确立了战争的多重意味和层面,隐约,恍惚,有时遥远,有时贴近,既是过去的,也是现在的,既是真实的,也像幻觉的。与其说是战争,还不如说是战争的影子。而有时,战争的影子,比战争本身,更为严酷,死死纠缠着人的心理。

寻找和挖掘,这是小说的两个关键词。将军和神甫在寻找和挖掘士兵遗骨的过程中,也一步步地寻找和挖掘到了无数真实,关于那场战争,关于阵亡的军人,关于战争中的罪行和苦难,关于阿尔巴尼亚民族。那都是一个个惊心动魄的故事。那个谜一般的Z上校,母亲眼里聪颖的儿子,妻子心中温柔的丈夫,在侵略战争的疯狂中,却干出了伤天害理的事情,令人难以置信。而很长时间,所有这些都被深深地埋在了地里,就像妮澈老妈的苦难。那个山民尼科·玛尔蒂尼,他独自一人在海边抗击着整整一支部队。那是怎样的一幅悲壮的情景。可他被打死后,却没有自己的坟墓。人们永远都找不到他的坟墓,却始终能感觉到他那无处不在的精神。还有那个桥边的村庄,就连将军都不禁悲叹:"战争期间,这个小村庄的命运,是与桥连在一起的。对他们来说,桥是一种厄运。它被炸毁后,我们的复仇主义者,在这儿进行了一场血腥大屠杀。如果没有这座桥,这个与世隔绝的村庄的生活,就会平平安安,它就会躲过战争的骚扰。"

各种声音的回荡,各种文体的交叉,让小说变得丰富,饱满,立体,具有蔓延和加强的力量,紧紧围绕着主线,但常常,故事中又套着故事。我不由得想起了那个逃兵的日记。它很自然地构成了一个完整的章节。那里有一个厌恶战争、热爱生命的青年的真实心理，还有一段异常动人的单相思。我们不妨来读一段他的日记吧："科蕾斯蒂娜最近打扮得越来越漂亮起来了，每次见到她，我的心都像插进了一把刀，一剜一剜的疼。前天，她到磨房水沟里洗腿。啊，她那双腿是何等漂亮啊！她的一切都很美，尤其是那对眼睛。这对黑黑的温柔的眼睛，使你会想起夜里的一点东西，连你自己都不晓得该如何描绘她。只是那目光的意思，让你怎么也弄不明白。总的来讲，阿尔巴尼亚姑娘的眼睛，犹如汉字一般不可思议。"多么细致、生动的感觉。可惜，这一切发生在战争期间。时常，头顶上会有飞机飞过，不知又要去轰炸哪座城市。"世界怎么变成了这个样子?"那青年忧伤地想。显然，他的日记里有挡不住的人性的光辉，而这种人性的光辉又绝好地反衬出了战争的残酷和法西斯的毒辣。

将军本人其实也面临着一场战争。一场有关荣誉和尊严的特殊的战争。一开始，他那么自负，深信自己一定能打赢这场战争。刚刚踏上这片土地时，他毫不掩饰自己对阿尔巴尼亚人的鄙视和仇恨，而且还时时端出一副居高临下的姿态。他完全同意神甫的看法：这是个"粗野而落后的"民族，"当他们还是婴儿时，就把枪搁在了他们的摇篮里。就这样，枪成了他们生活中不可分割的一部分"。可随着寻找和挖掘的深入，他的心理渐渐发生了微妙的变化。在同磨房主等阿尔巴尼亚人的较量中，也一次又一次地败下阵来。连他自己都不得不承认："首先失去的是自豪感,然后是庄严的气度,接着是另外全部的想象力,而今我们则是在这里,在普遍的冷漠和不可思议的、冷嘲热讽的目光中四处游荡,成了两个可怜的战争的笑柄,成了在这个国家里作战并惨遭失败的全部军人当中最不幸的人。"最后,在确凿的事实面前,在妮澈老妈的诅咒下,他的心理终于彻底崩溃了。他明白,他只是一支亡军的将领。失败是他的注定的命运。

小说还通过将军的目光让我们了解到了阿尔巴尼亚这个奇特的民族。他们看上去平常,沉闷,不善言语,可一旦面临灾难时,却变得那么的英勇。他们极端地看重名誉,可以随时为了名誉而付出生命的代价。但对待投降的敌人,他们又是那么的善良,绝不会让他们饿死,更不会去虐待他们。对此,就连将军都有点不可理解。他们崇尚高山,是名副其实的"山鹰民族"。他们在教堂、清真寺和堡垒之间生活着,不追求物质的丰厚,更注重心灵的宁静。

卡达莱不愧是小说艺术的大师。他如此巧妙而又自然地调动起回忆、对话、暗示、反讽、旁白、沉思、心理描写等手法,始终控制着小说的节奏和气氛,充分展现出战争在人们生活和心理上投下的无边的阴影。由主线引申出的无数生动的细节和难忘的故事,以及大段大段有关战争的思考,又让整部小说获得了不同凡响的深刻性和可读性,牢牢地抓住了读者的注意力。

2005年,已经定居巴黎的卡达莱荣获了英国首届布克国际文学奖。英国文学评论家约翰·凯里称赞道,"作为作家,卡达莱在阿尔巴尼亚文学、历史、民俗学和政治学等领域都留下了自己的印记"。他"描绘了一个完整的文化,继承了荷马史诗的叙事传统"。

　　卡达莱表示:"我来自巴尔干半岛的边缘。那里曾是欧洲声名狼藉的一片土地,不断传出暴力和冲突的坏消息。我希望我的得奖能告诉世界,阿尔巴尼亚和巴尔干也能带来其他的消息,也能在艺术和文学领域取得成就。"

幽灵般的气息

——读卡达莱的《梦幻宫殿》

在我眼里,卡达莱一直是个分裂的形象。仿佛有好几个卡达莱:生活在地拉那的卡达莱;歌颂恩维尔·霍查的卡达莱;写出《亡军的将领》的卡达莱;发布政治避难声明的卡达莱;定居巴黎的卡达莱;获得布克国际文学奖的卡达莱……他们有时相似,有时又反差极大,甚至相互矛盾,相互抵触。因此,在阿尔巴尼亚,在欧美,围绕着他,始终有种种截然相左的看法。指责和赞誉几乎同时响起。指责,是从人格方面。赞誉,则从文学视角。他的声名恰恰就在这一片争议中不断上升。以至于,提到阿尔巴尼亚,许多人往往会随口说出两个名字:恩维尔·霍查和伊斯梅尔·卡达莱。想想,这已有点黑色幽默的味道了。

而此刻,我们面对的是写出《梦幻宫殿》的卡达莱。不管怎样,写出《梦幻宫殿》的卡达莱,同写出《亡军的将领》等杰出作品的卡达莱一样,严肃,深刻,富有想象力和洞察力,值得阅读,也值得关注,完全可以和当今世界文坛那些一流的小说家相媲美。事实上，相当一批读者已然把卡达莱当作阿尔巴尼亚文学的代表。

那就让我们把目光转向《梦幻宫殿》这部小说吧。

奥斯曼帝国，居然有这么一个机构，由执政苏丹亲手创办，主管睡眠和梦幻，专门征集梦，对它们进行归类、筛选、解析、审查并处理，一旦发现任何对君主统治构成威胁的迹象，便立即上报给君主，君主会采取一切措施，坚决打击、镇压、毫不留情。这个机构名叫塔比尔·萨拉伊，人们也称它为梦幻宫殿。这自然是卡达莱小说中的世界。故事就在这里展开。

梦幻宫殿，像一座迷宫，交织着漫长、幽暗的长廊和通道，没有任何标记，阴森、神秘、怪异，甚至恐怖，充斥着幽灵般的气息。它是个庞大的机构，在帝国各地还有着数以千计的分支。由于它的重要性和保密性，不是随便什么人都可以进入这座宫殿的。马克-阿莱姆，小说的主人公，可不是随便什么人。他来自权势显赫的库普里利家族。这个家族，属于阿尔巴尼亚血统，曾为奥斯曼帝国培育了五位宰相，还有无数的大臣、司令和将领。甚至在著名的拉鲁斯百科全书中，它都拥有自己独立的条目。将近四百年来，这个家族既享受到了无数的荣耀，也遭受到了许多的不幸，似乎"注定逃脱不了荣辱参半的命运"。马克-阿莱姆的小舅库特曾用苦涩的口吻形象地说："我们库普里利家人仿佛生活在维苏威火山脚下的居民。每当火山爆发，这些居民便会被灰尘覆盖。我们也有着同样的命运，生活在君主的阴影下，时常会被他打倒在地。火山平息后，他们会耕作既危险又肥沃的土地,继续自己平常的生活。我们同样如此,虽然遭到君主的猛烈打击,可仍将继续在他的阴影下生活,并忠心耿耿地为他服务。"他的大舅在边疆担任地方长官,二舅身为外交大臣,是目前地位最高的家族成员,两位表兄也都当上了副大臣。正是凭借家族方方面面的关系,马克-阿莱姆才得以进入梦幻宫殿任职。这实际上是家族的决定,主要是大臣的主意,其中自然也有着家族的期望和野心,毕竟,梦幻宫殿,对于他们,太重要了。马克-阿莱姆只能服从。

进入梦幻宫殿,也就意味着进入一个不同寻常的天地,开始一种全新的生活。同样由于家族势力的影响,马克-阿莱姆直接被分到筛选部工作,没过多久,又被调到解析部。这在常人看来就像是一步登天。他整天都要处理大量的案卷,全是梦,各种各样的梦。简直就是一片恐怖的海洋。这让他感到压抑、厌倦和乏味。在审理案卷时,他两次读到了这样一个梦:桥边,一块荒地,那种人们扔垃圾的空地。在所有废物、尘土和破碎盥洗盆的中间,有间稀奇古怪的乐器在自动演奏着,一头公牛,仿佛被乐声逼疯了,站在桥边,吼叫着……他觉得此梦毫无意义,可并没有将它丢弃、淘汰。没有想到,后来,正是此梦成为君主打击库普里利家族的由头。他最喜爱的小舅甚至为此失去了生命。

同卡达莱的其他小说一样,《梦幻宫殿》格局不大,篇幅不长,主要人物几乎只有一个,那就是马克-阿莱姆,所有故事基本上都围绕着他进行,线索单纯,时间和空间也很紧凑。可它涉及的主题却广阔，深厚，敏感，有着丰富的外延和内涵。卡达莱于 1981 年在他的祖国发表这部小说。作为文本策略和政治策略，他将背景隐隐约约地设置在奥斯曼帝国，似乎在讲述过去，挖掘历史，但任何细心的读者都不难觉察到字里行间弥散出的讽喻的气息。因此，人们也就很容易把它同卡夫卡的《城堡》、奥威尔的《动物农场》等寓言体小说连接在一起，将它当作对专制的揭露和讨伐。难怪出版后不久，《梦幻宫殿》便被当局列为禁书，打入了冷宫。卡达莱本人在谈到此书时，也意味深长地强调："我试图描写地狱的情形。"他在移居法国后曾再三说过："我每次写一本书，都感觉是在将匕首刺向专制。"尽管他说此话有讨好和迎合西方读者之嫌，真诚中夹杂着一些虚伪和狡黠，但起码《梦幻宫殿》可以成为他的这番言论的有力证明。倘若说走向西方，需要亮出某种通行证的话，卡达莱肯定最愿意亮出《梦幻宫殿》了。事实上，他也这么做了，而且效果极好。欧美已有评论家呼吁："单凭《梦幻宫殿》一书，伊斯梅尔·卡达莱就完全有资格获得诺贝尔文学奖。"

它同样是一部命运之书。马克-阿莱姆个人的命运。库普里利家族的命运。帝国所有民族的命运。当"帝国领土上的任何梦，哪怕是由最最邪恶的人在最最偏僻的边疆和最最普通的日子做的梦，都不得逃脱塔比尔·萨拉伊的审查"时，任何命运都注定不可能由自己掌握。家族的历史，童年记忆，梦幻宫殿里发生的一切，都让马克-阿莱姆过早地意识到，在命运面前，个体是多么的弱小、苍白，无可奈何。因此，他总是选择克制、恭顺和服从,任由命运那只无形的手推动着自己一步步向前行走。被动是他的基本态度。家族势力安排他进入梦幻宫殿,原本是为了让他尽力维护家族的利益和平安。可他实在无能为力。因为,梦幻宫殿的可怕就在于它的荒谬;在于它的远离人性,在于它的任意,在于它"最最盲目,最最致命,也最最专制"。为了权利,为了统治,有些梦甚至可以被制造出来。某种意义上,正是马克-阿莱姆在不知不觉中把绞索交给了统治者,眼看着他们将它套到了自己亲人的脖子上。而正当家族遭受厄运的时刻,他竟然还得到升迁,几乎掌握了梦幻宫殿的最高权力。这是怎样的悲哀和反讽啊!

厌倦、单调、恐惧,都没能阻挡马克-阿莱姆投入地做事,没能阻挡他每天准时去上班,还生怕自己会迟到。甚至,在梦幻宫殿工作了一段时间之后,他反而不习惯现实生活了。有一天放假,他走上街头,竟然觉得天空空空荡荡,外面的一切了无生气,整个世界似乎刚刚生了一场病,失去了它的全部色彩。他不禁怀念起梦幻宫殿,怀念起那些案卷来。"那里,他的案卷中,一切如此不同,如此美丽,如此充满了想象……云朵的色彩,树木,雪,桥梁,烟囱,鸟儿—— 一切都要生动得多,有力得多。人和物的动作也更加自由,更加优雅,恰如牡鹿奔跑着穿过雾霭,无视时空的法则! 与他眼下服务的世界相比,这个世界显得多么沉闷、贪婪和狭窄!"现实世界竟然比不上地狱般的梦幻宫殿。这一笔着实厉害,真的就有了匕首的锋利,直接刺向了现实世界。从另一角度,这也暗示着马克-阿莱姆人性的扭曲。命运之书就这样过渡到了人性之书。

人性，或者反人性，显然是《梦幻宫殿》的另一主题。阴郁、沉闷、幽暗、寒冷，既是整部小说和梦幻宫殿的气氛，也是小说中不多的几个人物的性格基调。细细阅读，我们会发现，主人公马克-阿莱姆，以及其他几个人物基本上都没有外部特征。我们不知道他们的长相和模样，只能听到他们的声音，看到他们的动作。他们模糊不清，仿佛处于永远的幽暗，仿佛一个个影子，唯有声音和动作在泄露他们的情感和内心。马克-阿莱姆的优柔寡断，母亲的担忧，大臣的老谋深算、心事重重，都以这种特别方式传达给了读者。地狱就该是幽暗的，就该是反人性的。这正符合卡达莱的创作意图。几个人物中，唯独马克-阿莱姆的小舅有着清晰的形象和鲜明的性格。他"一头金发，淡蓝色的眼睛，蓄着浅红色的胡子，取了个半德国半阿尔巴尼亚的名字：库特。他被视为库普里利家族的野玫瑰"。库特是性情中人，热爱生活，又善于思考，并有着强烈的反叛和独立精神。正是他一针见血，指出了梦幻宫殿的荒谬和可怕。也正是他把阿尔巴尼亚狂诗吟诵者请来为家族聚会表演。对于专制，库特自然是个危险分子，是个异己。除掉他，属于专制的逻辑，也就成为理所当然的事。在此意义上，库特的罹难，既是牺牲，又是象征，最能反映专制的反人性特点。在刻画人性方面，卡达莱极为冷峻，内敛，不动声色。但不动声色中，总有一股暗流在奔突，涌动。在经历了家族的苦难后，马克-阿莱姆终于难以抑制内心的情感。于是，我们在全书的结尾读到了如此感人的文字："虽然顾虑重重，但他没有从窗户旁掉过脸去。我要立马吩咐雕刻匠为我的墓碑雕刻一枝开花的杏树，他想。他用手擦去了窗户上的雾气，可所见到的事物并没有更加清晰：一切都已扭曲，一切都在闪烁。那一刻，他发现他的眼里盈满了泪水。"说实话，在译完这段话后，我的眼里也盈满了泪水。

此外，小说还涉及权力斗争、史诗、寻根、巴尔干历史问题等诸多主题。这些主题交织在一起，互相补充，互相衬托，互相辉映，让一部十来万字的作品散发出巨大的容量。在呈现史诗时，卡达莱的诗歌天赋得到了发挥。尤其是阿尔巴尼亚史诗，粗犷，大胆，直接，画面感很强，戏剧性很强，冲击力也很强，让人不得不屏住呼吸倾听："劫持妇女和姑娘；充满危险的婚礼过程；酗酒的马；被背信弃义者害得失明的骑士骑着同样失明的战马；预报灾难的猫头鹰；深更半夜，奇怪的庄园主府邸响起的敲门声；一位生者，带着两百只猎狗，潜伏在墓地，向一名死者发起令人毛骨悚然的挑战；一轮冰冷的太阳，贯穿大地，放射出光芒，却并不温暖大地。"那些史诗片段，关涉死亡、爱情、婚姻、忠诚、背叛和荣辱等主题，关涉家族之根，民族之源，以低沉的声音吟唱，具有震撼人心的魅力。在艺术手法上，卡达莱表现出他一贯的朴素、简练、浓缩的风格。在主题上挖掘，在细节上用力，巧妙而又自然地调动起回忆、对话、暗示、反讽、沉思、心理描写等手法，始终控制着小说的节奏和气氛，让意味在不知不觉中生发，蔓延。这是他的小说路径。这样的路径往往更能够吸引读者的脚步和目光。

时隔几年，重读这部译稿，依然有不少触动和感受。我将它们写下来，和读者朋友分享，也敬请读者朋友批评和指正。书籍自有书籍的命运。但愿这部小说能给大家带来阅读的乐趣和感动。

V 平等中的丰富

——西方文学版图一瞥

历史真实的艺术升华

——读伐佐夫的《轭下》

　　长篇小说《轭下》为保加利亚作家伊凡·伐佐夫赢得了世界声誉。他是在 1887 年流亡俄国敖德萨期间开始写这部小说的,出于一种精神的需要。他说:"写小说时,我心灵中激起的许多美好回忆,使我跟失去了的祖国经常保持着联系;在流亡生活的辛酸滋味中,写小说成为我唯一的安慰了。"小说的直接灵感来源于 1876 年四月起义。尽管伐佐夫也是四月起义的亲历者,但起义本身显然并不是他的主要关注点。他更想通过起义的酝酿和准备过程来展现历史真实、社会状况和民族精神。

　　而要展现这些,人物最为重要了。《轭下》的最大精彩,恰恰就在于塑造了一群饱满、生动、有血有肉的人物。因此,我觉得,《轭下》首先是一部关于人的小说。人的理想,人的激情,人的悲欢离合,人的懦弱,人的盲目,人的卑劣,人的复杂性格,等等,等等,在这本书中,你都能读到。

　　主人公奥格涅诺夫简直就是理想和激情的化身。这位越狱的革命者,一来到白拉切尔克瓦城,即刻就打破了那里的平静。为了救助磨房主和他的女儿，他毅然杀死了两个土耳其强盗，成为人们心目中的英雄。故事也正是在这种严峻而又紧张的基调中拉开了帷幕。而这个英雄一开始让大家看到的并不是什么高大的形象，而完全是个苦难的形象："一个又高又瘦的年轻人，脸色惨白如纸，眼睛乌黑而又非常锐利，披了一头蓬乱的长发，全都沾着灰土；他的外衣撕破了，沾满了烂泥，又是湿透了的；他的背心已没有了纽子，敞开着，而且里面还没有衬衫；他的裤子简直像破布片，两只靴子也穿破了底。"不知怎的，读到这段文字，我竟不由得想到了耶稣基督。自始至终，我也确实能感觉到作者对于奥格涅诺夫所流露的近乎宗教的情怀。在他的笔下，奥格涅诺夫无疑就是个拯救者和殉道者，一个世俗中的拯救者和殉道者，有着崇高的使命，同时也有着朴素而普通的情感，甚至还有着种种人性的弱点。在组织和发动起义的日子里，总有奇迹帮助他渡过一道又一道的难关。只能用神助来解释了。准备起义的同时，他也并不回避对拉达的爱情。而他同拉达的爱情又让整部小说获得了一种异常动人和忧伤的魅力。英勇，正直，智慧，忠诚，这些优秀的品质，奥格涅诺夫身上都有。而作为一个人，他也会嫉妒，猜忌，懊恼和怨恨。在起义失败的时刻，他的心中就充满了对前途的沮丧以及对民族的失望。但他最后的形象又是那么的悲壮："'现在让他们看看一个保加利亚的使徒是怎样死的！'于是他从医生的腰带中拔出了那长长的土耳其弯刀，他从门口蹿出去，忽左忽右地向敌人丛中砍杀过去。"

154

如果说奥格涅诺夫这一人物还多多少少有些理想化色彩的话，那么，医生索科诺夫、财主马尔科和大学生坎多夫等人物形象就显得更加真实可信。索科诺夫幽默活泼，爱憎分明，喜好社交和娱乐，时而有鲁莽和冲动的毛病。这个表面热情奔放的年轻人，心里却一直隐藏着一份深沉的爱。他是起义的坚定的拥护者和参加者，也是奥格涅诺夫真诚的朋友。在残酷的战斗中，尽管经受着恐惧和绝望的折磨，但他最后还是用一颗子弹打穿了自己的头颅，决不当敌人的俘虏。马尔科家产殷实，又有一定的社会地位。内心深处，他对土耳其的野蛮统治十分不满，但又绝不轻易流露这种情绪。关键时刻，他又能挺身而出，掩护和帮助革命分子。对于起义，他的态度犹豫不定，始终怀着矛盾心理。最后，在社会气氛的感召下，他又献出了自家的樱桃树。而坎多夫则属于那种热情澎湃的青年，"向往忠诚献身的精神，鄙视庸俗腐朽的生灵""他们总感到只有崇拜一种理想，生活才有意义。这种人只有沉醉在强烈而疯狂的热情中，才能自由地呼吸……"拉达就是他的理想，但又是他无法实现的理想。如此情形下，他在起义中的英勇表现便含有为爱情殉难的意味了。小说中，让人难忘的人物还有很多很多，包括斯特弗乔夫等一批土耳其的走卒，也都有着各自复杂的性格。

人物外，大量细致的日常情景构成了小说的另一特色。常常，这些日常情景不知不觉中就弥散出浓厚的爱国气息。看戏就是个典型。人们边观看《根诺薇娃哀史》，边发出种种有趣的议论,可稀里糊涂中,剧中那首欢快的歌曲就被激昂的革命歌曲所替代了:"对祖国的热爱,火焰一样地燃烧吧,我们要与土耳其人堂堂对阵!"最初,只是一个声音,接着,就有部分演员跟着唱,到最后竟发展到全体观众齐声唱了起来。要知道,这可是当着土耳其知事的面的。还有霍罗舞,缝纫会,乡村集会等,也都能让我们感受到保加利亚人的生活情趣。而这种生活情趣同土耳其人的暴行形成了强烈的反差。

历史真实和艺术真实的有机融合,无疑是伐佐夫追求的一大境界。小说中无数细节真实到让人震撼的地步。比如,起义前夜,当奥格涅诺夫检查工事时,就发现有一群起义者企图临阵脱逃。胆怯,恐惧,这已是起义者中的普遍情绪了。奥格涅诺夫不由得发出了这样的感慨:"情况变得多糟啊!多么令人失望,多么可耻的背叛啊!……明天我们就得打仗了,我已经可以预料它的结局。人心都已慌乱,对于死的恐惧已经使他们的手软弱无力,使他们的心昏聩不明,然而当初他们来的时候却是抱着必死之心的。整个人民当初是奋发激昂的——它怀着希望——它有信心,像个孩子一样,而现在呢,它却像孩子似的发抖了。一些人的怯懦已经传染给许多人。白拉切尔克瓦和别的城市使我们的希望落空了,使克里苏拉的人心瓦解了。这是卑鄙的行为——这是对于一个共同事业的可耻的背叛……"对待四月起义,作者并没有花费许多笔墨去描写或歌颂,反而保留着一定的批判姿态。他认为:在保加利亚的历史上,"纵然有过许多同样神圣和不成功的起义,然而却没有一次像这样悲惨而不光彩"。因而,简单地把《轭下》理解为"一部反映保加利亚人民英勇反抗土耳其统治的小说",恐怕就连作者都不会同意的。

伐佐夫不愧为讲故事的高手,悬念,节奏,起伏,转折,都掌握得恰到好处。一部长达六百页的小说,能够始终牢牢抓住读者的心弦,实在不是件容易的事。他还特别善于利用景色和环境描写来烘托气氛或抒发情感。有些描写完全可以当作独立的散文来读。比如,在《暴风雨》一章中就有这样的句子:

> 周围的树木都在哀怨地飕飕作响,那些高耸的榆树在风的威力之下弯曲下来,草与芦苇不停地摇摆着,整个大自然仿佛都在作紧急戒备,在恐怖地发抖。巨大的雨点稀稀落落打下来,像枪弹那样射击着地面。又是一道闪电照亮了巴尔干山背后的天空,接着就是一串深沉的滚雷,仿佛要把天庭劈成两半。暴雨从铅色的天空中直泻而下,一道一道的闪电劈破了浓云,使树木与山崖呈现出幻异的轮廓。这些一瞬间的景色,闪现之后立刻又被吞没在黑暗中,很像一幅神奇而可怕的画景。在这种暴风雨里——在这天与地的博斗里——在这深渊里的地狱之光里,有着一种狂野的美,这是一种奇观,在这里,"无垠的地"与"神秘的天"的奇异的结合酝酿成为一种非人间所有的鬼怪的和谐。在暴风雨里,大自然探获了最壮美的诗题。

如此优美的文字又为小说涂抹了不少浪漫主义的色调。

读完全书,我想说《轭下》是一部有关理想和激情的英雄小说,是一部动人的爱情小说,是一部深刻的心理小说,是一部有力的批判现实主义小说,还是一部优美的浪漫主义小说。

他是他自己的上帝

——读托马斯·萨拉蒙

　　陆陆续续译过一些萨拉蒙诗作,为唐晓渡、西川主编的《当代国际诗坛》,为吉狄马加创办的青海湖国际诗歌节,为北岛主持的香港诗歌节,但都属于客串性质,依据的也都是些零星的资料。有一年春天,在广州,同诗人黄礼孩相聚时,礼孩说他决定将第七届"诗歌与人·诗人奖"授予斯洛文尼亚诗人托马斯·萨拉蒙。当我将这一消息告诉萨拉蒙时,他的欣喜溢于言表:"亲爱的高兴,获知这一消息,我的心里充满自豪、感动和幸福之情。你的名字真好,你的作用就是在世上传播幸福。可惜,我一点都不懂中文,但所有中国作家都说你翻译我,翻译其他诗人,都十分出色,有力。我怀着谦卑之心,欣然接受你们的负有盛名的奖项。托马斯(指瑞典诗人托马斯·特朗斯特罗姆,在获得诺贝尔文学奖之前,他曾获得过"诗歌与人·诗人奖")是我的老朋友。我也十分珍惜欧金尼奥·安德拉德的作品。你将要翻译我的诗集,这让我的心智都感到温暖。请代我向黄礼孩先生表达我的欣喜之情和诚挚问候。"

为配合颁奖，需要翻译出版一本萨拉蒙诗选。此诗选先由礼孩以民间方式出版，然后再加以扩充，交由花城出版社正式出版。得知这一出版计划，萨拉蒙十分开心，甚至有点激动，迅速快递给我他的四本诗集，以及翻译和出版授权书。手捧着他题赠的诗集，我的心里突然生出一种奇妙的感觉：他仿佛正透过镜片望着我，笑盈盈的样子，是美国诗人罗伯特·哈斯所说的那种"天使般的微笑"。

于是，就在这"天使般的微笑"的注视下，几乎在京城最为闷热难耐的时刻，在大雨的悬念中和阴影下，我又一次开始翻译托马斯·萨拉蒙。

一个美国作家，一个英国作家，或一个法国作家，在写出一部作品时，就已自然而然地拥有了世界各地广大的读者，因而，不管自觉与否，他，或她，很容易获得一种语言和心理上的优越感和骄傲感。这种感觉东欧作家难以体会，却由衷向往。有抱负的东欧作家往往会生出一种紧迫感和危机感。他们要用尽全力将弱势转化为优势。昆德拉就是一个典型。他对小国这一概念特别敏感。在他看来，身处小国，你"要么做一个可怜的、眼光狭窄的人"，要么成为一个广闻博识的"世界性的人"。别无选择，有时，恰恰是最好的选择。昆德拉如此，萨拉蒙亦如此。了解一下萨拉蒙的人生简历和诗歌道路，我们便能清晰地看到一位小国诗人是如何成为"世界性的人"的。

托马斯·萨拉蒙 1941 年 7 月 4 日出生于克罗地亚首府萨

格勒布市,成长于科佩尔小镇。科佩尔位于亚得里亚海滨城市
的里雅斯特南部,历史上曾长期属于威尼斯管辖,一度由哈布
斯堡王朝统治,两次世界大战之间,又回归意大利。上世纪 40
年代,科佩尔小镇仅有一万五千人口,大多数居民讲意大利语,
小镇当时由南斯拉夫军队管理。1954 年后,归入南斯拉夫斯洛
文尼亚共和国。1960 年,萨拉蒙进入卢布尔雅那大学,攻读历
史和艺术史专业。他自己坦承,那时,他"是一个迷茫而纯真的
年轻男子,渴望在这世上留下印记,但更主要的是,渴望自由。
只是稍稍被兰波、杜甫、索福克勒斯和惠特曼所打动。确实,当
一位有力的斯洛文尼亚诗人丹内·扎奇克出现在我们的研讨
会上,朗诵起他的备受折磨、伤痕累累的诗篇时,一丝小小的感
染爆炸了。一场大火,一道我们崇高而古老的行当的火柱,燃
烧着我,诱惑着我,定义着我。相对于行当,那更是一种命运"。
从此之后,萨拉蒙便踏上了诗歌之路。

但在那特殊的年代,踏上诗歌之路,也就意味着踏上一条
危险之路。果然,1964 年,他在编辑文学杂志时,因发表"出格
作品",引起当局不满,曾被关押五天。阴差阳错,他却因此成
为某种文化英雄,受到斯洛文尼亚文化界的瞩目。1965 年,他
获得艺术史硕士学位,并于翌年,以地下方式出版处女诗集《扑
克》。人们普遍认为,这部诗集,凭借其荒诞性、游戏性,以及反
叛色彩,成为战后斯洛文尼亚现代诗歌的肇始。之后,他又先
后赴意大利和巴黎进修艺术史。回到卢布尔雅那后,曾担任现
代美术馆馆长助理。从 1969 年起,他开始以环境艺术家和观

念艺术家身份在南斯拉夫各地举办巡回画展。1970年夏天，他来到美国纽约参加国际画展。接着，又回到卢布尔雅那，并在美术学院讲授20世纪艺术。一年后，应爱荷华大学国际写作中心邀请，再度来到美国，一下子待了两年。正是在那里，萨拉蒙开始广泛阅读和接触美国诗人。也正是在那里，他同爱荷华诗人合作翻译出版了两部英文版诗集《涡轮机》和《雪》。事实上，这两本诗集出版时，萨拉蒙已又一次回到卢布尔雅那，做过一些奇怪的行当：写诗的同时，翻译过威廉·卡洛斯·威廉斯、阿波利奈尔、巴尔扎克和西蒙·波伏瓦，在乡村小学教过书，还当过推销员。1979年，他获得资助，得以前往墨西哥工作和生活了两年。在此期间，他始终坚持诗歌写作，不断地有新作问世。进入80年代，他的诗歌写作节奏有所放慢，诗歌中的基调也日趋阴暗。而随着他的诗歌被译成英语、德语、波兰语等语言，他已开始为国际诗坛所瞩目。

一次又一次的出走和回归，"同其他诗人、其他世界和其他传统相遇"，这种自觉的追求，极大地丰富了萨拉蒙的阅历和视野。他也因此渐渐成为一个具有宇宙意识和全球目光的诗人。

在介绍东欧文学时，我曾说过："影响和交融，是东欧文学的两个关键词。"萨拉蒙无疑是个东欧诗人，而且是个典型的东欧诗人。同时，当你阅读他的诗歌，当你了解了他的经历和视野，当你看到他流畅地用英语、法语、意大利语同别国诗人交流，你会清楚地意识到，他绝对又是个世界性的诗人。不难看出,影响和交融,也是他人生履历和诗歌写作的两个关键词。
在评析萨拉蒙诗歌时,罗伯特·哈斯认为,兰波、洛特雷阿蒙、
惠特曼、赫列博尼科夫,德国表现主义、法国超现实主义、俄国
未来主义、美国纽约派诗歌等诗人和诗歌流派,都曾对萨拉蒙
的诗歌写作产生过影响。除去影响和交融,我们也千万不能忽
视他的成长和生活背景:东欧曾经高度政治化的现实。某种程
度上,这种特殊的现实,为萨拉蒙,也为东欧其他作家,提供了
特殊的创作土壤。正是在这样的影响、交融和背景中,萨拉蒙
确立了自己的声音,找到了自己的指纹:

> 托马斯·萨拉蒙是头怪兽。
>
> 托马斯·萨拉蒙是个空中掠过的球体。
>
> 他在暮色中躺下,他在暮色中游泳。
>
> 人们和我,望着他,目瞪口呆,
>
> 我们愿他一切如意,兴许他是颗彗星。
>
> 兴许他是诸神的惩戒,
>
> 世界的界石。
>
> 兴许他是宇宙中一粒特别的微尘,
>
> 将给星球提供能源,
>
> 当石油、钢铁和粮食短缺的时候。
>
> 他或许只是个驼子,他的头
>
> 该像蜘蛛头那样被砍掉。
>
> 但那时,某种东西将会吮吸

托马斯·萨拉蒙,也许是他的头。

也许他该被夹在玻璃

之中,他的照片该被拍摄。

也许他该被泡在甲醛中,这样,孩子们

就能看他,像看胎儿、蛋白

和美人鱼一般。

来年,他也许将在夏威夷

或卢布尔雅那。看门人将倒卖

门票。那里,人们赤足

走向大学。浪涛能达到

百英尺之高。城市美妙无比,

挤满了不断增长的人群,

微风柔和。

但在卢布尔雅那,人们说:瞧!

这就是托马斯·萨拉蒙,他同

妻子玛茹什卡到店里买了点牛奶。

他将饮下那牛奶,而这就是历史。

——《历史》

    诗人萨拉蒙笔下的历史,显然不是统治者的历史,而是个体的历史,而是诗人的历史,而是具体生存的历史,而是颠覆者的历史。诗人就该是独立的、不羁的、反叛的,像头"怪兽",与众不同,而又充满人性、自信和能量。诗人就该成为历史的主角。诗人就这样登上了人生和世界舞台。可以想象，这样的定位和形象，对当时的斯洛文尼亚诗坛会构成怎样的破坏力和冲击力，同时，又具有怎样的建设意义。

破碎，即兴，随心所欲，丰沛的奇想和强烈的反叛，有时又充满了反讽色彩、荒诞意识和自我神话倾向，而所有这些又让他的诗歌流露出神秘的气息。诗歌中的萨拉蒙时而愤怒，时而忧伤，时而幽默，时而深情，时而陷于沉思和幻想，时而热衷于冷嘲热讽，时而站立于大地，时而升上太空，时而舒展想象的翅膀，时而又如孩童般在同语言和意象游戏。但不管怎样，他都有着鲜明的特色和坚硬的质地：

> ……我笑个不停，

> 或者忧伤，如一只猴子。
> 其实，我是这样的一块地中海岩石，
> 你甚至可以在我身上烤肉排。

> ——《我在阅读，关于博尔赫斯……》

他是个艺术幻想家，又是个语言实验者。他注重诗歌艺术，但又时刻没有偏离生活现实。在诗歌王国中，他豪放不羁，傲慢无礼，鄙视一切成规，沉浸于实验和创新，同时也没忘记社会担当和道德义务。在介绍斯洛文尼亚人时，萨拉蒙说："斯洛文尼亚人从来都中规中矩。"现实生活中，他可能也像他的同胞那样中规中矩。在同他的通信交往中，我发现他总是那么的温和，儒雅，周到，彬彬有礼，富有教养。但在诗歌写作中，他绝对是个例外。在诗歌世界里，他可以冲破一切的规矩。他通过否定而自我解放。他只信从反叛诗学。他是他自己的上帝。于是，我们便在《民歌》中听到诗人发出这样的宣言：

> 每个真正的诗人都是野兽。
> 他捣毁人民和他们的言辞。
> 他用歌唱提升一门技术，清除
> 泥土，以免我们被虫啃噬。
> 酒鬼出售衣裳。
> 窃贼出售母亲。
> 惟有诗人出售灵魂，好让它
> 脱离他爱的肉体。

在几十年的诗歌生涯中，托马斯·萨拉蒙已出版诗集近四十部，较近期的有《自那儿》《太阳战车》《蓝塔》等。他被认为是中欧目前最重要的诗人之一。在国内外获得过多种奖项，还担任过斯洛文尼亚驻纽约大使馆文化专员。他的作品常常出现在各种国际性期刊上。他本人也常常出现在各种艺术、文化和诗歌场合。至2009年，他已有《托马斯·萨拉蒙诗选》《盛宴》《献给梅特卡·克拉索维奇的民谣》《给我的兄弟》《牧人，猎者》《忧郁的四个问题：新诗选》《蓝塔》等十多部用英语出版的诗集。英语外，作品还被译成法语、德语、俄语、意大利语、西班牙语、汉语等几十种语言。他这样回顾和总结自己的诗歌生涯："听见和倾听，迷失，或几乎被碾碎，受伤，同样，正如人类生命中通常会发生的那样，得到幸运的青睐。"这就是他的诗歌之路。因了诗歌，他觉得自己的人生幸福而又美丽。生活于一个仅有两百多万人口的小国，诗人萨拉蒙十分清楚翻译对于传播自己诗歌的重要。他显然乐意面对更加广大的读者。在某种程度上，他始终在为世界而歌。这既是他的志向，也是他的姿态。对于所有译者，他都一再地表示感激之情。

　　一个充满想象力和创造力的诗人写出的诗，自然就构成了一道"想象的盛宴"（美国诗人爱德华·赫希语）。与此同时，一个充满想象力和创造力的诗人，也就意味着不断地出走，偏离，脱轨和游戏。翻译这样一个诗人，显然既是一种享受，也是一次冒险。我因此兴致十足，同时又忐忑不安。被我译成汉语的萨拉蒙，究竟在多少程度上还是萨拉蒙？翻译过程中，我不断地发出这样的疑问。可我转而想到，一个出色的诗人必然能为读者提供不断阅读的可能性。翻译其实也是一种阅读。那就让我把这次翻译当作阅读托马斯·萨拉蒙的开始吧。

荷兰，以文学的方式，展现在我的面前
——读"荷兰文学专辑"

　　我向来对"大国文学"和"小国文学"这一概念保持警惕甚至怀疑的态度。大国，并不一定就意味着文学的优越；而小国，也并不见得就意味着文学的贫乏。事实上，在读了太多的法国文学、美国文学、英国文学之后，我一直十分期盼能多读到一些小国的文学，比如亚洲文学，比如东欧文学，比如非洲文学，比如北欧文学。在全球化背景下，这些文学中，或许还有一种清新的气息，一种质朴却又独特的气息，一种真正属于生命和心灵的气息。而全球化背景，恰恰极容易抹杀文学的个性、特色和生命力。

　　然而，语言的障碍却明显存在着。因此，我不得不承认大语种文学和小语种文学这一现实。这一现实，更多地体现的，是文学在传播和流通上的尴尬。这也就让小语种文学显得更加难能可贵。

　　身为编辑，我也更热衷于策划和编辑小语种文学。2011年，差不多有半年时间，我都在和同事们一道忙于策划、联络、组织和编辑"荷兰文学专辑"。专辑已在《世界文学》2011 年第四期上与读者见面。这是个紧张却又快乐的过程。而快乐，更多地来源于阅读，来源于阅读中的发现：发现出色的作品，发现出色的译文。

荷兰文学肯定属于小语种文学。每每读到它时，我都有欣喜的感觉。至今还清楚地记得上世纪 80 年代在《世界文学》杂志上读到的马高明、柯雷翻译的那些荷兰诗歌。那是些小巧、精致的诗，有点像微雕，注重视角，注重艺术表现力。斯希普斯、考普兰、黑尔、阿伦茨等荷兰诗人就这样走进了我的视野。当时，这些诗歌，对中国诗坛，产生了极大的冲击力。北岛他们都受到其影响。"比杨卡——一步半/穿着第一双鞋/走过房间"我总忘不了斯希普斯的这句诗。比杨卡在走进艺术，但当艺术界限被扩展时，比杨卡，穿着第一双鞋，走过房间这一情景本身，不就是艺术吗？

时隔二十多年，再次集中地、大规模地读到荷兰当代文学，主要是小说和诗歌，我的欣喜变成了惊喜。几乎是一口气读完了近二十万字的作品。有一种难以言传的美妙。我感受到了丰富性、多元性、艺术性；我感受到了生命气息和心灵力量；我还感受到了文学中意义的芬芳。

好几篇作品，好几位作家和诗人，都让我爱不释手。尼可莱特·斯马伯斯的长篇小说《电暖工》(卢肖慧译)，多么朴素的标题。看到这一标题，人们往往会想到一部生活化的现实主义小说。可一旦读起它，你就立即被文字所散发的童话气息所吸引。童话和现实交织在一起，形成了一股迷人的张力。斯马伯斯说："讲故事是一件爱的行为。"她的小说心灵的力量正源于这种姿态吧。芙兰卡·特瑞尔的长篇小说《打谷场上的五彩纸屑》(叶丽贤译)是个温馨的故事。像一部田园牧歌，有一种怀旧的韵味。它让我回到童年，回到上世纪六七十年代。它是农业文明的，是《西部作家天山天池宣言》所提倡的那种慢的节奏。而农业文明往往更能打动人的心灵。哈菲德·布阿扎的短篇小说《阿卜杜拉的双脚》(尚晓进译)看似轻松幽默，却在轻松幽默中爆发出了巨大的震撼力。古斯塔夫·匹克的长篇小说《我曾是美国》(杨卫东译)，作品灵感源于发生于 2000 年的一起悲惨事件：五十八名中国移民在多佛角被发现闷死在船用集装箱里。那是个极端的故事，而极端的故事更能反映人性。作者不动声色的叙述，却让我们感到了难以言传的痛。我尤其喜欢桑妮克·范·哈苏的短篇小说《珍珠》(庄焰译)。真的是颗小说的珍珠。那简直就是首散文诗，纯净、透明，有一种忧伤的美、孤独的美，女性情感复杂而丰富的美："我再次抱紧她。川中之水——有一只塑料袋向下游漂去。它轻如鸿毛，顺流涌去。如果我知道该怎么做，我愿意为之献祭。我立于岸边，总想把自己投入水中。我抓紧围栏，把她抱紧，小心翼翼地把她放进去。松开手臂，然后……了无痕迹。她不在那里。"

爱，孤独，情感，迷失，分裂，寻找，婚姻，家庭，生存，战争，异化，动物世界……所有人类的普遍主题，在这些作品中，你都能发现。当许多作家在解构意义时,荷兰一些作家却在努力地建构意义,建构诗意,建构文学本身的魅力。这是个动人的姿态。

我还读到了五位诗人。五位诗人,五种截然不同的声音。精致而耐人寻味的玛丽娅·巴纳斯,以及独特而令人目眩的切伯·黑廷加给我留下了极深的印象。黑廷加的华丽的诗意和原始的生命力,像块磁铁,一下子就能吸引住你。你只愿被吸引住,只愿享受被吸引住,都不太愿意去考虑所谓的意义了。诗意和生命力,也是种意义,最大的意义。这五位诗人中,有四位都出生于 20 世纪 70 年代。他们大大拓展了我对荷兰诗歌的认识。这是些更加奔放、更加开阔、更加无拘无束的诗人。他们让我们看到了荷兰当代诗歌的无限可能性。

读翻译作品,某种程度上,也就是在读译者。尤其令我欣喜的是,"荷兰文学专辑"让我领略了好几位相对年轻的翻译家的风采:玛·德·摩尔《灭顶之灾》译者张陟,黑廷加诗选译者傅浩,玛·凯塞尔斯《坎》译者袁伟,尼·斯马伯斯《电暖工》译者卢肖慧,阿·贝纳利《愿明天更美好》译者潘泓等。他们外文水平高,国语底子深厚,且对文学艺术十分敏感。读到他们,我不由得对一种流行说法产生了怀疑:所谓文学翻译人才青黄不接。翻译人才还是有的,关键是如何去发现并激励他们。而目前,在我国,无论从翻译稿酬、学术评估还是奖励机制来看,对文学翻译都没有最起码的尊重。想到此,我的欣喜顿时转化成了深深的忧虑。

　　文学是能为一个国家、一个民族增添魅力的。它本身就是一个国家、一个民族魅力的一部分。没有到过荷兰，但读了这些作品后，我已深深陶醉于它的魅力。就这样，荷兰，以文学的方式，展现在我的面前。

如果你能听懂蜜蜂的语言

——读基德的《蜜蜂的秘密生活》

仲夏。异常的闷热。我在读《蜜蜂的秘密生活》。美国女作家基德的小说。中文版由译林出版社推出。还散发着油墨的香息。种种缘由，我无法一口气读完。只是每天读一点。几章，几页，有时甚至就几段。断断续续，在炎热中，断断续续，仿佛一种喘息，又似某种抗衡。断断续续，也好，给回味留下了不少余地，也给时间留下了难以抹去的印记。就这样，差不多一个多星期，《蜜蜂的秘密生活》直接或间接陪伴着我，几乎成为我的"秘密生活"。

而此刻，坐在难得的清凉中，我又想起了书中的那个女孩。那个叫莉莉的女孩。她的生活，并不像她的名字那般芬芳而轻盈。小小年纪，却有着非凡的心理承担和心理历程。这同她的特殊身世有关，再进一步说，这同她亲历的一个情景有关。混乱、模糊却怎么都不能忘怀的情景：父母发生了争执。争执中，母亲握着枪，面对粗暴的父亲。"她手中的枪闪闪发亮，玩具一般，他从她手中夺过枪，来回挥舞着；枪掉到地板上；我弯腰捡起枪;我们身边响起了枪声。"枪声中,母亲永远倒下。莉莉总觉得是她造成了意外走火。父亲支支吾吾的解释似乎也在表明这一点。"她是我的整个世界。而我却夺去了她的生命。"那一年,莉莉才四岁。

时间流逝,这一情景不断重现、回放、强化,一如噩梦和影子,纠缠并压迫着她幼小的生命。家中,父亲一年到头没有好脾气,反对她读书和上大学,还变着法子虐待她,给她带来无尽的痛苦。由于没有母亲,没有祖母,没有姑姑,没有任何可以交心的亲人,她的童年孤苦而压抑,倾诉和安慰于她都只是梦中的奢望。心灵的负担日益加重。眼看着就要承受不了了。她不得不寻找某种出口和解决方式。她不得不寻找有关母亲的所有真相。她不得不"另找一个屋檐"。她不得不想方设法解开心中一个又一个结。为自己,也靠自己,以及各种外在和内在的力量。于是,她后来的出走也就有了必要的动因。

如此,故事还没展开就已有了看头,讲述刚刚开始就已让人急切地期待。

小说以主人公第一人称讲述的形式朝前推进。她的讲述同蜜蜂的舞动融合在了一起。甚至,在她讲述之前,我们便已感到了蜜蜂的舞动。那么多只蜜蜂的舞动,在黑暗中闪烁,让她生出无限的渴望,渴望像蜜蜂一样翩翩起舞,感受风的抚摸。那么多只蜜蜂,在她面前舞动,是召唤,是预示,还是某种宣告?隐约中,我们感到,一粒寓意的种子已经埋下。之后,蜜蜂的舞动一直没有离开过她的生活。在她和罗萨琳来到蒂伯龙,住到三姐妹家中后,索性同她们一道,过起了养蜂的生活。这也让她有机会深入观察蜜蜂的世界。这是个奇妙的世界:"人们没有意识到蜜蜂是多么的聪明,甚至比海豚还聪明。蜜蜂精通几何学,筑成一排又一排无可挑剔的六角形,那角度非常精确,你都会以为它们是用尺子量过的。它们吮吸普通的花朵汁液,将之变成世界上人人都爱浇到饼干上的蜂蜜。我亲眼看见了大约有五万只蜜蜂,用了整整十五分钟时间去寻找八月留下来让它们清理的那些空蜂箱,接着又用蜜蜂的某种高级语言将这个发现告诉同伴们。但是,我观察到的最重要的一点是,蜜蜂工作得非常勤劳,简直到了不顾性命的程度……"她的生活融入蜜蜂的生活。蜜蜂的生活融入她的生活。蜜蜂和人,人和蜜蜂,同属于生命,都有自己独特的世界,他们互相衬托,互相渗透,互为对照,既成为故事情节的有机部分,也成为故事寓意的根本所在。这实际上是作者的精心设计,也是整部小说的动人之处。

母亲的遗物中有一帧黑色圣母的画像。这帧画像,作为唯一的线索,引领着十四岁的莉莉踏上了寻找、救赎和疗伤的道路。唯一的线索,其实就是命运的线索,就是神的线索。一步一步,她贴近并走进了三姐妹的世界。那个世界,处于自然的中央,以蜜蜂为中心,粉红色的房子周围,有松林、番茄地、小河、鸟、黄色的鱼尾菊和淡紫色的唐菖蒲,不时地还有音乐荡漾,单纯得犹如仙境和世外桃源,是身心理想的庇护所和疗养地。这绝对是梭罗喜爱并推崇的世界。而《瓦尔登湖》就是基德百读不厌的书。影响在所难免。小说的主要情节也正是在这里展开的。三个黑皮肤的姐妹，三种性情，三个月份的名字：八月，六月和五月。我们就叫她们月历三姐妹吧。三姐妹中，给我印象最深的是五月。一个善良到了极致，天真到了极致，同时又脆弱到了极致的姑娘。人间任何一丁点痛苦的迹象都会让她哼起悲伤的歌曲，甚至号啕大哭。唯有哭墙和塞进墙缝的小纸条能叫她暂时平静下来。最后，当哭墙和小纸条都无法叫她平静下来的时刻，她只好选择了另一个世界。死亡似乎是五月最好的归宿。兴许正因如此，除去悲伤，五月的死亡更多地具有一种静美的韵致，令人想到甜蜜的睡眠，想到莎士比亚、布莱克或泰戈尔的诗句。如果真有天堂的话，那么，我觉得，五月最该升入天堂了。

姐姐八月是另一种极致，是小说的一个关键人物。关于她，书中有这么一段很唯美的描述：

那个女人沿着一排白色的蜂箱轻移脚步，蜂箱就安置在粉红屋附近的树林边……她身材高挑，一袭白衣素裹，头戴一顶带面网的帽子，面网拂着她的面庞，落在她的肩头，垂到她的背上。她看上去像一位非洲新娘。

她掀去蜂箱的盖子，向里面窥视，来回摇晃着冒烟的白铁桶。成群的蜜蜂飞腾而起，绕着她的头颅翻飞，犹如一簇花环。她两度隐没在雾状的蜜蜂花环之中，然后又慢慢出现，恰似从深夜里升起的一个梦。

这真是个完美无瑕的女人。美丽，真诚，善良，有着宽阔的胸怀、智慧的头脑和拯救的力量。总在一遍又一遍地讲着锁链圣母的传说。还能不断从日常中发掘人生的道理。"人生世界实际上就是一个大养蜂场，无论在人生世界还是在养蜂场，相同的规则同样行之有效：不要害怕，热爱生活的蜜蜂并不想蜇你，但是，也别犯傻，长袖和长裤一定要穿。"瞧，她说得多好。你几乎挑不出她的任何毛病。看得出，作者在她身上倾注了近乎神圣的感情，并把她当作了美好和善良的化身。也看得出，作者在总体上对女性人物的偏爱。正因如此，我总觉得八月不像尘世的女性，更像仙女下凡，更接近一种宗教使者的形象。她还是爱的象征，或者爱的导师，言行中总是散发出浓郁的爱的气息。那是一种大爱。那是一种有无数种表达方式的大爱。她告诉人们：只要有爱，任何心灵的锁链都能被解开，任何人世的丑恶都将被消灭。爱，能为你照亮生命中的美，能帮你在任何地方找到亲人，甚至还能让你听懂蜜蜂的语言。而如果你能听懂蜜蜂的语言，你就能听懂所有爱的语言，你也就能明白人生的真谛。

而这，恰恰就是作者想要表达的最最基本的主题。

就结构和情节而言，《蜜蜂的秘密生活》不算太复杂，也不算太讲究，但它的内涵却极为丰富。由于情节主要在粉红色房子周围展开，加上八月的完美形象和神秘、生动的蜜蜂世界，除去开头的激烈和冲突，整部作品的基调是舒缓的，轻柔的，田园的，内在的，童话的，风一般贴着心灵的耳朵和眼睛。我说到了童话。没错,它确实有众多童话和寓言的特质。我也更愿意将它当作童话和寓言来读。而童话和寓言的本质其实就是我们常说的三个字:真、善、美。在这样的环境和气息中,莉莉的心灵创伤自然会得到医治。她的寻找也自然会获得令人欣喜的结果。母亲就在她的身边,就在她的心里,就在八月和马利亚的女儿们中间。作者在小说的结尾也确实传达出了这一信息。"她们都在那里。所有的母亲们。我比街道上的大多数女孩拥有更多的母爱。她们是月亮,照耀着我的身心。"这就是童话般的结局。为了维护这一结局,作者最后没有让莉莉回到父亲身边,而是让她继续留在粉红色的房子里。从小说艺术角度来说,这样的设计显得有点幼稚,有光明的尾巴之嫌,值得商榷。然而,从童话角度和大众阅读心理而言,它却合乎逻辑,合情合理,完全能够成立。

童话和寓言特质外,作者还在作品中糅进了社会小说、爱情小说、生态小说、自然志等的元素。也就是故事引发的故事,或者故事中的故事。

作者将小说的时间定在上世纪 60 年代,一定有特别的用意。那正是美国社会种族矛盾比较突出的时候。尽管《民权法案》刚刚签署,但许多美国民众根本不能接受。白色人种和黑色人种之间无形中依然横亘着道道鸿沟。我们在小说中也能不时地觉察到这些鸿沟。而白人少女莉莉却一次次地冲击这些鸿沟。她从监狱中救出罗萨琳并带她一起出走,在旁人看来,已是无比放肆和大胆的举动。因为罗萨琳天生长着黑色的皮肤。稍后,她干脆生活在了黑人姐妹中间。她认定"人类没有肤色之分地生活在一起才是更好的规划"。这是她对人类和睦的心愿,是她的姿态,也是作者的心愿和姿态。作者用了较多的篇幅描写莉莉和扎克之间朦胧的爱情,兴许就是要更加清楚地表明这一心愿和姿态。爱情原本就该冲破一切的。爱情原本就能冲破一切的。"我们就那样相互拥抱着,那是真正的拥抱"。

尼尔对六月的追求,曲折,浪漫,富有戏剧色彩,同时又不失真实性,让我们读到了一段美丽而又特别的爱情故事。那也是坚冰渐渐融化的过程,正好和整部小说的主题相呼应。当六月最终答应了尼尔的求婚时,人人都有欢呼的冲动,人人心里都在说着那个坚定不移的字:爱!

有关蜜蜂世界的传神描绘和专业知识,让我们领略到了生物世界的非凡魅力。为了写作此书,作者肯定阅读了大量关于蜜蜂的书籍。蜂蜜的作用,蜂蜡的作用,蜂王和其他蜜蜂各自扮演的角色,养蜂的各种程序和技巧……所有这些几乎组成了一个小小的蜜蜂指南。最让人感动的还是蜜蜂和人的关系。我始终忘不了八月的一句话:"最重要的是,对蜜蜂要有爱心。每一个小生命都想得到关爱。"生命不仅仅是人类。人类只是生命的一种。小小的蜜蜂也是生命,而且是那么可爱的生命。由此,想到小说开头部分那些舞动的蜜蜂,我们便会相信:那真是上帝派来的使者。

小说中,人与自然和谐相处的场面也比比皆是。那些场面往往充满了挡不住的诗情画意。美国有不少作家都坚信自然的疗救力量，比如梭罗，比如韦尔蒂，基德一定也是。"月光明亮，我能透过清澈见底的河水看见铺满河床的鹅卵石。我捡起一块鹅卵石——红红的，圆圆的，光滑润泽，犹如小河的心脏。我一下子把鹅卵石塞进嘴里，吮吸着它内在的所有精华。"显然，作者在借莉莉的口告诉人们：自然中蕴藏着所有的精华。

许多场景读起来简直就像散文诗。我不由得又回想起了一个场景："我们四个人都成了水中仙女，围绕着清冽的水花翩翩起舞，就像印第安人围着熊熊燃烧的篝火跳舞一样。松鼠和卡罗来纳鹪鹩也大着胆子跳过来，喝起积在水洼里的水，你仿佛看见褐色草叶直起腰杆返青了。"如此情形，怎能不叫人感动并向往。而这样的情形又和书中不断提到的种族歧视、家庭暴力等尖锐问题形成了巨大的反差和对比，作品的社会意义也从而以更加有力的方式凸现在了读者面前。同时，《蜜蜂的秘密生活》还是一部典型的成长小说和细腻的心理小说。因此，在相当程度上，我想说，这是本超越年龄、超越阶层、超越种族、超越国界的书，无论孩童，无论成人，无论男人和女人，无论黑皮肤、黄皮肤和白皮肤，都能从中获得某种教益、启发、知识和阅读的乐趣。

爱是记忆，也是信仰

——读布拉谢尔的《我的名字叫回忆》

初春，晴朗的早晨。光，那么充裕，又那么亮丽。我需要眯缝起眼，才能看清眼前的字："我的名字叫回忆"。这几个字，在光的作用下，竟仿佛是在舞动。它们舞动着，舞动着，又融进了光中。

这是本小说的名字。美国女作家安·布拉谢尔的长篇小说。极为动人。它讲的是爱情，但又不仅仅是爱情。在我看来，它首先是记忆。

记忆，让爱情持久地留存在心间。可生命有限，记忆也就有限，它最终会随着生命的消逝而消逝。因此，所谓永恒的爱情，只是个相对的概念。一生一世，兴许，就算是永恒了。文艺作品里，兴许，才有所谓的永恒。

然而，假如一个人能带着记忆，穿越时空，生而复死，死而复生，生死不息，一世又一世，那么，他便有可能拥有真正意义上的永恒的爱情。

《我的名字叫回忆》中的男主人公正是这样的人。我们就叫他丹尼尔吧。这也确实是他最终给自己选定的名字。他已活了一千多年,在生与死之间,不断转世,连他自己都不记得究竟活了多少回,又死了多少回了。千年轮回中,他自然积累了非比寻常的回忆。但他强调:"他的回忆非比寻常,却并不完美。他是个凡人。"凡人,才有七情六欲,才有是非曲直,才让他的故事有种种的看头,并具有人性的光芒。我们也才乐意倾听。

是丹尼尔在说,也是记忆在说。一段绵延千年的爱情故事,仅仅凭那辽阔幽深的时空维度,就足以让我们期待。不同于大多数爱情故事,这段爱情故事却肇始于罪恶。那是在北非。身为军人的丹尼尔,在误导下,火烧一座又一座房子。就在那时,丹尼尔看见了她,那个少女,幽怨而无奈地望着他,随后走进屋子,被大火吞没。从此,他再也忘不了她:"我的每次生命都是从对她的回忆开始。她,是我的原罪。因为她,我才认识自己。"

他要寻找她,一世一世地寻找她,刚开始出于赎罪心理,可渐渐地就演变成了爱情。于是,寻找索菲娅,便成为贯穿全书的主线。无数的轮回,无数的转世,记忆不变,爱情不变,可在不同的生命中,心中的索菲娅,却要靠男主人公超凡的目光,在不同的女人身上发现。作者着重写了不同时期的三段故事:与索菲娅的故事,与康斯坦斯的故事,与露西的故事。她们实际上是同一个女人。

8世纪,在小亚细亚帕加马,哥哥带着嫂子索菲娅回到家里。丹尼尔看到"她"时，顿时惊呆了：这就是北非那个少女。哥哥并不爱索菲娅，一直虐待她。丹尼尔却爱她。哥哥赌博成性，输光了家产，扔下老母和妻子跑了。丹尼尔安顿好母亲，同时决定将索菲娅送到一个安全的地方。他骑马带着索菲娅穿越沙漠。沙漠之旅，成了一次心灵之旅，情感之旅，忧伤，含蓄，诗意般美好，是丹尼尔多次生命中最幸福的时刻。然而，多年后，索菲娅却在一场火灾中失去了生命。丹尼尔不得不继续寻找。

20 世纪初，在英国哈斯伯里顿庄园，丹尼尔伤势严重，住进了战时临时医院。年轻护士康斯坦斯走了进来。他立即认出，她就是索菲娅。他给康斯坦斯讲述了种种奇特的往事，还向她展示了种种超凡的才能。渐渐地，康斯坦斯相信了他所说的一切，并爱上了他。但他们的爱忧伤，凄美，让人悲痛欲绝。丹尼尔在弥留之际，和康斯坦斯，也就是索菲娅，相约来世一定相互寻找，再度聚首。不久之后，康斯坦斯，也离开人世，随他而去了。如此，原先一个人单方面的寻找，变成了两个人的互相寻找，互相呼唤。爱，也就有了深情的回应。

而与露西的故事是整部小说的重中之重，成为全书的主干。故事发生在 21 世纪，在美国弗吉尼亚州。似乎所有前世的苦苦追寻，所有前世的曲折故事，都是在做必要的铺垫、准备和注解，以便将露西和丹尼尔的故事推向极致。露西从一开始就对丹尼尔有着深深的迷恋。丹尼尔也凭超凡的洞察力认出，露西就是索菲娅的转世。关键时刻，他热切地呼唤着索菲娅，这让露西无比沮丧,以为丹尼尔误将她当作了别人。在灵媒、梦境等的启示下,她开始领悟丹尼尔所说的一切。而丹尼尔也在本的开导下,改变了思维方式和追求方式。小说中,丹尼尔是爱的化身。而他的哥哥约阿希姆却是恨的化身。约阿希姆始终是作为丹尼尔的对立面出现的,也是丹尼尔的某种衬托。约阿希姆同样有着千年记忆,也曾不断转世,但始终没有改变他残酷、贪婪、自私、嫉妒的本性。就在露西准备接受丹尼尔的时刻,约阿希姆冒充丹尼尔邀请露西去墨西哥旅行。丹尼尔闻讯后,立即前去营救露西。经过种种曲折,甚至惊险后,丹尼尔和露西终于拥抱在了一起。于是,一首千古爱情绝唱便有了令人欣慰的结果。

这三段故事,既各自独立,又相互补充,相互支撑。将它们合在一起,便是一段纯净、动听、唯美而又完整的爱情篇章。

《我的名字叫回忆》无疑有着巧妙的构思和丰富的想象力。对于作家而言,想象力其实就是创造力。由于作者的奇特构思和大胆想象,爱情,一下子获得了无比辽阔的发展和展示天地。小说中,时空不断转换,人物不断变化,过去与现在交错,从6世纪到21世纪,从北非、小亚细亚,到英国、美国和墨西哥,给阅读带来了许多丰富感、画面感、变化感、立体感和历史感。而重点显然又落在了当代。这无疑让读者感到巨大的贴近,同时还为未来埋下了伏笔。只要记忆存在,这一爱情故事就会一直演绎下去,直到永远。在此意义上,这又是部无限敞开的小说,只有开端,没有结尾。

爱是个博大的主题,有着深刻的内涵和外延。因此,它自然而然地生发出诸多其他主题,比如寻找,等待,思念,孤独,爱,恨,牺牲,殉情,拯救,记忆,善与恶,遗忘,等等,等等。所有这些,在《我的名字叫回忆》里,你都能读到。这就让它显得更为饱满、复杂、厚重,充满各种意味和韵致,好读而又耐读。

这部独特而又感人的小说告诉我们:只要你相信来世,相信记忆,就会相信爱的永恒。如此,小说中的爱情故事便有了宗教的意味,便上升到了信仰的高度。爱,在相当程度上,就是信仰。当今时代,我们尤其需要爱的信仰。

"鲁滨逊"陷入恐慌的时刻

——从《鲁滨逊漂流记》到《冷皮》

鲁滨逊：朴素的英雄和上帝的见证

谈论海洋文学，我们不由得会想起英国作家丹尼尔·笛福著名的长篇小说《鲁滨逊漂流记》。众所周知，是一个真实的故事引发了笛福的兴致和灵感，使得他于 1719 年写出了这部作品。

主人公鲁滨逊·克罗索出生于一个"体面人家"，属于中产阶层。在他父亲看来，中产阶层不过于贫困，也不过于富有，"是世界上最好的阶层，最能给人以幸福，既不像那些体力劳动者，必须受尽千辛万苦，也不像那些上层人物，被骄奢、野心，以及彼此倾轧的事情所烦恼"。中产阶层拥有人人都羡慕的生活。

但鲁滨逊生性好动，野心勃勃，渴望冒险，甚至富有赌徒精神，毅然抛弃这种人人都羡慕的生活，一次又一次离家出走，宁愿去当水手,过充满危险的海上生活。大海无边,机会也就无限,唯有大海能给他开拓广阔的天地,他坚定地认为。终于,大海向他展露出残酷的一面,让他遭遇到了一场罕见的海难。所有船上的伙伴都丢掉了性命,唯独他侥幸从海难中逃生,登上了一座荒无人烟的孤岛,身边只有一把刀、一个烟斗和一小盒烟叶。

小说故事,实际上,从这里真正拉开了帷幕。

稍稍镇定之后,鲁滨逊发现自己身处的海岛非常荒瘠,四面环海,看不见一点陆地,没有任何出路。

海,孤岛,于是成为一种极端处境,极端考验,考验着人的心理、意志和生存能力。这种极端处境既可以使人走向开阔、明朗和深刻,也能让人走向自闭、狭隘和疯狂。并不是随便什么人都能面对大海的。那既需要身体素质,也需要心理素质。从身体素质、心理素质和意志力来看,鲁滨逊堪称完美,几乎是个超人。面对极端处境,他没有绝望,也没有疯狂,而是为自己能死里逃生感到一阵"灵魂的狂喜"。于他而言,活着,就意味着奇迹,就意味着希望,就意味着一切。在危难时刻,他竟然还能冷静地分析着自己处境的好处和坏处,还希望为世人提供一些身陷困境时的经验和教训。如此的清醒和理智实在令人惊叹和敬佩。

同时,他又是个行动主义者,为了生存,总在不停地行动,有效地行动。极端处境挖掘出了他的全部潜力。这一点连他自己都感觉惊喜和自豪:"我生平没有使用过任何工具,然而久而久之,运用我的劳动、勤勉和发明才能,我渐渐发现,我什么东西都可做得出来,只要我有工具。话虽如此,即便没有工具,我也做出了许许多多的东西,有些东西,所用的工具不过是一把手斧和一把斧头;我想从来没有人采用我这种方式来做东西,或是付出我这样无穷的劳力。"他设法爬上失事海船,获得粮食、饮品、衣服、工具、枪支弹药等宝贵物品。他做木工,做建筑工人,做搬运工,做制陶工,做猎手,做渔夫,做裁缝,做农民,做气象观测员。每天都似乎有做不完的事情。他还记起了日记。这时,海和岛,从极端处境变成了无限的宝藏。鲁滨逊俨然成为岛的"君主",而且还意外地得到了星期五这个奴仆。

独处孤岛,时间变得无边无际。思索便成为自然而然的事情。这种思索,因了极端经历和环境,直接指向根本。海,岛,人和其他生物,世上的一切,到底是什么,到底来自何方?鲁滨逊一遍遍地发问。这是人类的基本问题。在最艰难、最困惑的时刻,上帝出现在他的内心,成为他的心灵拯救者。有趣的是,他先前不太有宗教思想,更谈不上信仰了。是特殊的境遇让他走近了宗教,走向了上帝。如此,他顽强地生存了下来,而且在孤岛上一住就是二十八年。鲁滨逊当然是个英雄,一个朴素的英雄,一个有血有肉的真实的英雄。与此同时,他也是上帝的一个证明。上帝在他心中,给予他支撑,因此,他的荒岛生涯呈现出了灵魂不断净化的过程,思想和悟性中总是充满了上帝的影子。在某种程度上,我甚至觉得,《鲁滨逊漂流记》绝对可以算是一本布道书。

如果单从文学角度来说,《鲁滨逊漂流记》可能算不上优秀的文学作品。丹尼尔·笛福也算不上优秀的小说家。我总觉得这部小说写得粗糙、随意、啰唆,结构也很简单,与其说是小说,倒更像长篇报道。它的价值和意义更多地指向精神和心灵。它最大的价值和意义就是塑造了鲁滨逊这一人物。这可是个具有特殊经历的人物。这一人物,不屈不挠,直面现实,充满向上的力量,完全可以成为人们的精神典范和心灵榜样。似乎光凭这一人物就足以感动人心、深入人心了。事实早已证明了这一点。小说出版后,获得了巨大的成功。笛福也在阴差阳错中步入了文学不朽的殿堂。时代在此起到了至关重要的作用。笛福所处时代正是资本主义原始积累时期。鲁滨逊这一顽强形象,以及小说无意中透露的殖民、扩张和开拓等信息完全符合上升时期资本主义社会的期待和要求。因此,可以说,是时代成就了这部小说,让它成为了经典。

无名主人公: 现代社会的"鲁滨逊"

时间流逝。2002 年,也就是在《鲁滨逊漂流记》出版将近三百年之后,西班牙小说家阿尔韦特·桑切斯·皮尼奥尔写出了他的第一部长篇小说《冷皮》。读后,我们很容易发现它同《鲁滨逊漂流记》的种种关联。

同《鲁滨逊漂流记》一样,《冷皮》也采用第一人称叙述。这种叙述给人一种真实感和亲切感,能拉近作品和读者的距离。

不同的是，在《冷皮》中，我们始终不知道主人公叫什么名字。只隐约知道这位无名主人公来自爱尔兰。时间也是模模糊糊的，大约在第一次世界大战之后。无名，含糊，模棱两可，反而更具普遍指代意义。这是现代或后现代小说惯用的手法。

从第一时间，岛就出现在我们面前。同样是座四面环海的孤岛。这将是"我"未来的栖身之地，也将是故事的发生之地："一座从一端到另一端不到一公里半的小岛，外形犹如英文字母 L。岛屿的北边是花岗岩高地，有一座灯塔建造于此，灯塔仿佛钟楼般高耸，看起来更显巨大。"

海，孤岛，同样的背景，近似的环境。只是多了座灯塔，以及一个冷漠、怪异的灯塔看守人巴蒂斯。灯塔的存在，一下子让我们看到了人烟，看到了现代社会的影子。在现代社会，荒无人烟的地方已难以找到。处处都能见到人的痕迹。这是 20 世纪同 18 世纪的根本区别。

无名主人公的姿态也截然不同。鲁滨逊流落荒岛，是被迫，是无奈，是落难，是阴差阳错，有强烈的宿命的意味。而《冷皮》中的"我"却是出于对人性、对社会的绝望，而主动要求来到南极附近一座孤岛，担任气象观测员，期望着远离人群，远离社会，过一种真正自由和独立的生活。因此，他的抵达荒岛，是自觉，是主动，是自我选择，也是逃避。他说："我选择逃到一个没有人的天地。我逃避的不再是政府追捕的法令；我逃避的是某个更大的桎梏，远超过以前的桎梏。"从内心深处，他还期望重新为自己找到一个祖国，因为在现实生活中，他觉得自己早已没有了祖国。祖国放逐了他。他也放逐了祖国。我们能隐隐觉出他的绝望、他的忧伤和孤独、他的严重的心灵危机。他不得不走上一条拯救之路。可踏上小岛后，他却陷入了一种更为极端的处境：海怪的不断攻击。他原本想寻找虚无的宁静，结果却抵达了充满怪物的炼狱。生命随时受到威胁，心里时刻充满恐惧，哪里还谈得上什么自由和独立。这位现代社会的"鲁滨逊"还没明白发生了什么，便陷入了极度的恐慌之中。这是个巨大的反讽。恐惧几乎成为他生活的全部。在某种程度上，恐惧也成为了小说中的另一主人公，一个无影无形却处处存在的主人公。如此情形下，他不得不住到灯塔里，并与巴蒂斯联手，抗击海怪。这些海怪来自深海，一批又一批，前赴后继，源源不断，同海一样，无穷无尽。巴蒂斯称它们为蛙脸怪。一次次生死战斗后，主人公沮丧地发现：任何努力都是白费，这些海怪永远都赶不尽，杀不绝，就像你无法消灭海一样。海在这里顿时演变成某种隐喻。它的神秘而又无穷的力量，你只能感知，却难以形容。而在一次次的杀戮中，"我"和巴蒂斯的人性正悄悄地发生着变化。

鲁滨逊似乎没有受到欲望的纠缠。在上帝的光芒下，他成了一个没有欲望的男人。这有点反常，却符合 18 世纪的道德和逻辑。但在《冷皮》里，或者说在现代社会，上帝早已死了。道德也已模糊了界限。生存就是道德。欲望就是道德。巴蒂斯身边跟着一个女海怪，属于冷血动物，却美丽异常。"我"在描述她时，一反平常的冷峻和阴郁，语调竟然充满了温情，仿佛在唱一首赞歌："她象牙般坚硬的肌肉组织,受到泛着蝾螈般美丽绿色的紧实肌肤保护。让我们想象森林里的一位仙女,却有着蛇一样的皮。她的乳头是黑色的,像纽扣一样小。""大腿不可思议地匀称,与臀部连接的部位,更是没有雕刻家能完美重现的杰作。"真是堪称艺术的身体。只不过,她的皮肤冰冷无比。

巴蒂斯冷酷,倔强,沉默,身世神秘,难以接近,自然也难以相处。无名主人公同巴蒂斯的关系,显然已完全不同于鲁滨逊同星期五的关系。巴蒂斯不是陪衬,不是奴仆,不是可有可无的人物,而是小说中的重要角色,有着自己强烈的个性和特别的心理。只是面对着共同的敌人,无名主人公才和巴蒂斯勉强维系着一种脆弱而又危险的平衡。

巴蒂斯夜晚同海怪作战,白天同身边的女海怪做爱。主人公在仔细观察和长期相处后,发现了女海怪身上诸多非动物性的东西。她有意识,有感情,甚至还会歌唱,歌声优美得宛如天籁:"那只宠物哼着一首追溯遥远巴厘岛的歌谣,一段难以形容的旋律,一曲没有五线谱的音乐。多少人类曾经听过这首歌谣?从起初的混沌时代,从人类是人类的时代,多少人曾经享此特权聆听过这曲音乐?而倾听这曲音乐的人是否在某些时刻都面临最后一战?那是恐惧的赞美歌谣,那是野蛮的赞美歌谣……"一个问题在"我"和巴蒂斯头脑中出现了:"她是谁?"这是个非常重要的问题。这个问题实际上矛头直指人类中心论。批判、反思和觉醒由此展开。主人公醒悟到:小岛是它们的土地,它们唯一拥有的土地,而我们人类是侵略者。它们一次次地进攻,实际上是在捍卫它们的土地。女海怪更像个使者,海怪的使者,或者海的使者,用身体和歌声来同人类谈判。而在"我"眼里,女海怪越来越像个女人。小说中还有大段的有关女海怪身体的描写,极为优美。那不是女海怪的身体,那简直是女神的身体。终于,"我"也抵挡不住内心的欲望,开始偷偷地同她做爱。"她的身体像是一块柔软的海绵,散发出鸦片的气味,让我放弃人类的身份"。在小说的最后,主人公赋予了她一个名字:安内里斯。这是小说中极有意味的一笔:主人公始终无名无姓,而原本属于动物的女海怪却拥有了人的名字。

从"她是谁?"自然而然地引申出了"它们是谁?"那些海怪到底是谁? 这一问题从根本上动摇了巴蒂斯的精神支柱。一切开始颠倒。人与动物,界限究竟在哪里? 兴许,它们才是真正的英雄,而人类实际上是强盗。巴蒂斯,这个一向冷酷的男子,终于失去了生存的理由,只好结束自己的生命。

耐人寻味的是,一年后,当新派来的气象观测员登上小岛时,小说的无名主人公,已经变成一个冷血的野蛮人,似乎完全走到了人类的对立面。

《冷皮》: 对《鲁滨逊漂流记》的深刻颠覆

作者皮尼奥尔偏爱简洁、直白的风格。他曾表示:"完美的句子最好只有四个字。"简洁,却能营造气氛,却能深入心理,却能直指本质,却能牢牢抓住读者的目光。这是一门艺术。因此,比起《鲁滨逊漂流记》,《冷皮》更为凝练,节奏近乎疯狂,情节紧张到让人喘不过气来的地步,从结构上来看,显然有意部分戏仿了《鲁滨逊漂流记》。作品中也有一些篇章由日记构成,但已不单纯是记事,大多是在探讨哲学和人性问题。《鲁滨逊漂流记》像篇报告,是记事性的,流水账似的,现实主义的,与读者贴得很近,似乎在和读者拉家常。而《冷皮》像个寓言,是启示性的,现代主义的,要求读者深入思索。《鲁滨逊漂流记》是歌颂性的,树立了一个英雄,一个上帝的选民。而《冷皮》则是批判性的,树立了两个反英雄,两个上帝和人类的"弃儿"。《鲁滨逊漂流记》呈现的是生存能力。《冷皮》探讨的则是存在的意义。如果说《鲁滨逊漂流记》是历险小说的话,那么,《冷皮》就应该被归入哲理小说或寓言体小说。但它又有历险小说、惊悚小说和科幻小说的元素。更准确地说,作者成功地将历险小说、惊悚小说、科幻小说和寓言体小说融为一体,并上升到了哲理的高度。如果说《鲁滨逊漂流记》充满了 18 世纪的精神和理想的话,《冷皮》则包含了 21 世纪的困惑、沦丧和反思。在一切都已模糊的时代,我们还能否保存又如何保存我们内心中的人性? 人类是否就是这世界唯一的主人? 我们究竟应该以怎样的姿态面对其他的生命? 我们该如何和自然相处? 我们存在的理由和意义又是什么? 这是小说提出的基本问题。我们能感觉到作者的悲观主义态度。他无法回答。大海,也无法回答。

而海却永恒不变,为我们呈现出复杂和神秘的美:

> 下雪了。一开始只是几个小小的凝块。一分钟之后,
> 就形成一片片又圆又大的雪花。雪飘落下来,一与水接触
> 随即融化。海面上飘着雪花,这个景象是如此平凡,如此
> 单纯,却让我有一股奇妙的感觉。雪强迫周遭沉寂下来。
> 直到此刻之前,海洋还是轻微的骚动不安,却骤然安静下
> 来,受到看不见的命令掌控。或许,这将是我在世间所见
> 的最后景象,道尽了悲凉与平庸的美。

一切都似乎尽在不言中,一切都仿佛是神谕。诗意,冷,悲凉,忧伤,孤独,恐惧,在这一刻,融合在了一起。海在呈现的同时,也在接纳。海的无限意味,人类能真正读懂吗?

同样面对大海,可已站在不同的高度。笛福看到的海景中有财富,有黑奴,有历险,有上帝的形象。而皮尼奥尔看到的海景中已有人类的悲哀和末日的悲凉。"我们从未完全远离我们所恨;因此,我们也永远不能真正接近我们所爱。"这是人类的尴尬境遇。从笛福到皮尼奥尔,从《鲁滨逊漂流记》到《冷皮》,从 18 世纪到 20 世纪,一个质的飞跃已经发生:那就是从现实到存在。昆德拉认为,"小说唯一存在的理由就是去发现唯有小说才能发现的东西"。这就是人的"具体存在"。"小说不研究现实,而是研究存在"。因此,昆德拉一再表示:"小说家既不是历史学家,也不是政治家,而是'存在'的勘探者。"通过阅读

《冷皮》，我们发现年轻的西班牙小说家皮尼奥尔正试图成为这样的"勘探者"。

皮尼奥尔本人是人类学家，写小说原本是他的副业。可他的副业反倒让他声名鹊起，引起世界文坛的瞩目。看来，副业要变成主业了。他是个善于讲故事，同时又善于通过故事思考和表达的小说家。他也十分了解读者的阅读心理和阅读需求。在他看来，没有所谓的通俗小说，也没有所谓的严肃小说，只有情节好看却又思想深刻的小说。好看却又深刻，这需要境界，需要技巧，需要想象力，更需要学识、智慧和天赋。紧张的情节，恐怖的气氛，奇幻的想象，深刻的思索，忧郁、孤独又有点古怪的形象，简练、优美又不乏冲击力的语言，正是所有这些综合因素，让《冷皮》赢得了无数读者的喜爱。在出版后短短几年内，它已被翻译成二十多种语言，在世界各地广为流传，成为特别的文学现象和出版现象。

将《鲁滨逊漂流记》和《冷皮》比较着读，能读出不少的意味和乐趣。这两部小说似乎就应该放在一起读的。在比较、对照和反衬中，我们不难得出这样的结论：《冷皮》并不是对《鲁滨逊漂流记》的简单模仿和变奏，而是对《鲁滨逊漂流记》的深刻颠覆。这种颠覆既是文学的，又是政治的，也是哲学的。正是这种颠覆让我们获得了一种全新的阅读感觉。加拿大作家扬·马特尔替我们说出了这种感觉："一个以扣人心弦的情节包装的哲理故事，一段对孤独、暴力及其对人类的意义的深思，一份美妙、恐怖而又温柔的阅读体验。"

VI 内在的呼唤

——充满幸福感的阅读

阅读扰乱了我的阅读计划

阅读是件让人快乐，又让人绝望的事。有太多的书要读。而时间却那么有限。正因如此，2007 年年初，我郑重其事地制订了一个阅读计划：一年内，起码要读六十本书。连单子都开好了。其中有沈苇的《柔巴依：塔楼上的晨光》、韩瑞祥选编的《巴赫曼作品集》、卡尔维诺的《为什么读经典》、艾柯的《开放的作品》。对了，还有兰德的《源泉》，那本厚厚的书，摆在我的书架上，像诱惑，又像挑战，让我多少次暗下决心：一定要早日将它啃完。

年底逼近，如同以往，我的阅读计划再度偏离了方向。是懒惰，是忙碌，还是难以静下心来？这些原因兴许都有。但更重要的原因却是阅读本身。确切地说，阅读扰乱了我的阅读计划。

想想，这也情有可原。比如，面对波德莱尔的《现代生活的画家》，你又怎么能一心照顾计划而将它搁置一旁？那是浙江文艺出版社"视觉读本"中的一种，2007 年 1 月刚刚推出。一本小巧玲珑的书,光外观就让人喜欢。再看内容,更会爱不释手。正是春节。人们在燃放烟花爆竹的时刻,我躲在书房,几乎一口气读完了这本精致的书。享受波德莱尔的奇特思想。享受贡斯当丹·居伊的美妙画作。更享受郭宏安先生的精道译介。关于美,波德莱尔说:"构成美的一种成分是永恒的、不变的,其多少极难加以确定;另一种成分是相对的、暂时的,可以说它是时代、风尚、道德、情欲,或是其中一种,或是兼容并蓄。它像是神糕有趣的、引人的、开胃的表皮,没有它,第一种成分将是不能消化和不能品评的,将不能为人性所接受和吸收。"时隔一百多年,读这段话,依然能感到它俏皮中深邃的意味。我向来以为,理想的翻译建立在深刻的理解和研究之上。中译本《现代生活的画家》堪称一个典范。宏安先生的译序体现出了一个译者所能达到的最高境界和水准。"在法国,波德莱尔是第一个对现代性有着深刻体验并加以描述的人,因此他成为后人论述现代性的一个重要的参照。他所提出的现代性就是'从流行的东西中提取出它可能包含着的在历史中富有诗意的东西,从过渡中抽出永恒','现代性就是过渡、短暂、偶然,就是艺术的一半,另一半是永恒和不变','任何一个在群众中感到厌烦的人,都是一个傻瓜'等观点,暗含着传统与现代之间存在着延续与对立的辩证关系,洋溢着对现代性乃至现代化的一种既有肯定又有否定的清醒的批判精神,至今仍对我们有启发意义"。这就是深刻理解和研究之后的提炼。如此准确的提炼无疑有助于我们更好地贴近波德莱尔。

专业的缘故,我禁不住被阿尔巴尼亚小说家卡达莱的《破碎的四月》所吸引。这部小说篇幅不长,人物不多,时间跨度也就一个月,却有着相当的力度和深度。年轻的乔戈,复仇之后,便踏上了死亡之路,他的生命实际上也就剩下了一个月。一颗致命的子弹时刻都会瞄准他。这是血仇的子弹,是世代传统的子弹,是国家机制的子弹,也是人类自身性格的子弹。残酷和生机均由此而生。一个民族,一种文化的特征和悲剧性也在此显露。这是个高度集中和凝聚的故事,紧张到了极致,你不得不始终屏着呼吸,始终一眼不眨地追随着主人公的身影。因为,子弹随时都有可能射出,故事随时都有可能中道而止。这样的故事自然而然地成为一个点,让你深入到一个民族、一种文化和一段历史的最深处。欲罢不能,读过《破碎的四月》,索性又一鼓作气,读完了卡达莱的另外两部小说《亡军的将领》和《梦幻宫殿》。这时,我发现,通过一个点,几条线索,不多几个人物,深入到民族、文化和历史的最深处,是卡达莱小说特有的艺术。

一段时间,我又将目光投向了我的那些乡亲:朱文颖,荆歌和车前子。

我读书向来慢。读朱文颖,似乎更慢了。是有意的慢,就想久久沉浸在一种享受之中。那种语调,那种氛围,那种节奏,那种叙述的方式,都十分合乎我的口味。文字充满了灵气和韵致。氛围又是极特别的。常常,像有一阵雾,浓与淡都在意图中,若隐若现,如梦如幻,似有似无。我惊讶于她营造氛围的能力。叙述又灵巧,变幻,含蓄,散发着现代气息。每个故事都讲得那么好看,耐看。意味总体上来说都是在不知不觉中的。几乎在每篇小说中,她都要撕破和打碎一些东西。这让她的写作本质上具有一种"残酷的色彩"。但我又不想据此称她为"悲观主义作家"。这其实不是悲观不悲观的问题。而是一种洞穿。对世界和人生的"看透"。一种相对的看透。洞穿,看透,有时反倒能变成一种潇洒和自由。朱文颖的文字让我相信了这一点。小说集《龙华的桃花》中的十几个小说,各种人物,各种背景都有,作者都把握得那么娴熟。其中的几篇古意小说写得美极了,诗意,忧伤,贴着人的身心。

荆歌完全是另一种面貌。与其说读荆歌,还不如说听荆歌。听荆歌娓娓地讲着各种各样的故事。这与他的姿态有关:随意,自然,坦率,不紧不慢,不慌不忙,仿佛同你面对着面。去年有几个月,我在家疗伤。时间变得单调而又缓慢。这时,捧起荆歌的小说,竟不舍得放下。许久没有读到如此有趣的小说了。后来,在不少场合,我总是乐此不疲地对人讲述荆歌的小说。尤其是那篇《滑脱》。那真是个天才的构思。我说过,荆歌小说中的那股"坏"劲儿恰恰是他最最天才的地方。那"坏"意味着幽默,夸张,变形,变幻,意味着想象力的游戏,意味着对小说真实和生活真实的独特理解。语言是贴着时代和生活的,尤其是对那些习惯性语言的重新运用,有调侃和解构的意图。由于观念的先进,作品又绝对是现代的,甚至后现代的。这些都让他的小说有了无边的可能性。读他的小说,总会笑,有时简直笑死了。但也有些篇什,让你想哭。许多意味都在笑和哭之后了。荆歌太会讲故事了,不,应该说,太会把玩故事了。而这是需要智慧的。

车前子写诗,写评论,写随笔,还画画。一个全面发展的才子。任何时刻,读他的文字,读他的画,都能觉出特别的味道。疼痛的时刻,读读车前子。他能用一个接一个惊奇让你忘了疼痛。没错,一个接一个惊奇,既是语言的,也是思想的;既是形而下的,也是形而上的;既是外在的,也是内向的。既是南方的,也是北方的;既是中国的,也是外国的;既是方的,也是圆的……因此,我确信,车前子就是一种草药,有疗效的作用。欢乐的时刻,也读读车前子。他能用一个接一个游戏添加你的欢乐。别小看游戏,游戏是需要巨大的想象和创造的。游戏就是想象和创造,就是想象力和创造力。因此,阅读车前子,你也要有一定的想象力和创造力,否则,你跟不上他的速度。你甚至还要有一定的姿态,一定的心境,一定的体魄,一定的力气,才能加入他的游戏。无边无际的游戏。规则随时都会被打破,或者根本就没有规则。彻底地放松。彻底地没有拘束。毁坏,再建设;解构,再建构。或者干脆开辟出一块空地。空地多好,有空地你什么都有了。彻底的自由。这就是天才。你不能和天才说什么规则,你只能接受他的一片天地。

大地上摆满了蛋

一根羽毛在飞

而一根羽毛在飞

当大地上摆满了蛋

而另一根羽毛在飞

即使大地上并没有蛋

一根羽毛还是会飞

而一根羽毛在飞

大地上摆满了蛋

……

　　这就是车前子。用各种腔调、各种节奏、各种色彩和温度来读读车前子，你兴许会读出各种的滋味和意味。有时，读着读着，我忽然觉得，车前子是那么的忧伤。

　　不可否认，阅读乡亲，能给我带来格外亲切的感觉。已不仅仅是阅读的需要，而是某种内在的呼唤。

　　进入秋季，《河畔小城》犹如金黄的宿命，成为我最重要的读物。阅读《河畔小城》，于我，还有另一种意义。那既是对捷克作家赫拉巴尔的致敬，也是对中国翻译家杨乐云、刘星灿和万世荣三位前辈的致敬。三位前辈都已年逾古稀，却不断捧出一部又一部译作，让我们走近一位又一位捷克作家。近几年，捷克文学在中国的流行主要是他们不懈劳作的结果。克里玛，塞弗尔特，霍朗，聂鲁达，恰佩克，赫拉巴尔，这都是些捷克文学中闪光的名字。

　　仔细盘点，这一年，计划内的书没读几本，计划外的书倒是读了一些。实际上，这种随意的阅读更得我心。或许，这就是英国作家卡内蒂所称赞的"混乱的阅读"。或许，这才是我所必要的阅读。

你分明在走进一座小说共和国

　　每每读到小语种文学时,我都有欣喜的感觉。而当我捧读起译林出版社新近推出的《最佳欧洲小说(2011)》时,"欣喜"两字已难以形容我的心情。我甚至感到了某种惊讶和激动,面对这独特的文学景观,面对这贴心的文学氛围和布局:平等和独立,以及在平等和独立中展现的丰富和复杂。我一直关注的东欧作家,在这部选集中,竟多达十余位,几乎每个东欧国家都有了自己的文学代表。你分明在走进一座小说共和国。而走进这座小说共和国,你又绝对能逢到那命定的作品。瞬间,小说欣赏演变成一种心灵默契,超越时空,让你感动,甚至让你震撼。

　　斯洛文尼亚小说家德拉戈·扬察尔的《预言》(吴冰青译)就是这样的小说。与其说我在走向它,不如说它一直在等着我。注定会发生的邂逅。故事围绕着一段出现在厕所墙上的"反动诗句"展开。读着读着,我们很容易忘记那故事发生在铁托时期的塞尔维亚。它完全可能同样发生在上世纪六七十年代的中国某地。记忆被唤醒，被照亮：它就发生在我的少年时期，发生在我的家乡。好几回，在夜晚，我们被召集到学校教室或政府礼堂，按照要求，写上一段话。灯光昏暗，气氛紧张而又诡异，我们稀里糊涂，不知出了什么大事。回到家后，大人才小声地提醒：这是在查反动标语。于是，"反动标语"就成了一颗定时炸弹，制造出一片恐慌气氛。恐慌中夹杂着一丝神秘。孩子的感觉同大人的又不一样，还有某种好奇和兴奋。单调的生活终于有了点插曲。然而，儿时，思想简单，阅历也有限，并没有能力深想那所谓的"反动标语"背后又潜藏着怎样的故事。因此，儿时的记忆常常就是残缺的未完成的记忆。而扬察尔恰恰为我们挖掘出了一段那背后的故事。一个被人讥讽为研究"腐朽语言"的教授偏偏要让自己掌握的"腐朽语言"爆发出令人惊骇的力量。"反动诗句"实际上源自《圣经》故事。倘若不熟悉《圣经》故事，你也就难以破解那"反动诗句"的真正含义。如此，一段看上去显得粗鄙的"反动诗句"顿时变得高级而有力。教授以此方式反击、抗议和控诉，并将自己的反击、抗议和控诉提升到了预言的高度。作者兴许并没有想到，他的这篇小说竟然和一位遥远的中国读者发生了心灵互动，丰富进而又完成了他的童年记忆。没错，是互动，而不仅仅是共鸣。或者更准确地说，这是唯有优秀小说方能激发起的深度共鸣。

　　某种程度上，东欧曾经高度政治化的现实，以及多灾多难的痛苦经历，恰好为文学和文学家提供了特别的土壤。没有捷克经历，昆德拉不可能成为现在的昆德拉，不可能写出《可笑的爱》《玩笑》《不朽》和《不能承受的生命之轻》这样独特的杰作。没有波兰经历,米沃什也不可能成为我们所熟悉的将道德感同诗意紧密融合的诗歌大师。同样,没有经历过南斯拉夫内战,塞尔维亚小说家弗拉基米尔·阿森尼耶维奇绝不可能写出《一分钟:蠢蛋之死》(吴冰青译)这样震撼人心的小说。小说的内在主题其实是战争。但作者却没有直接写战争,而是将目光对准了战争牺牲品,一个绰号蠢蛋的不幸者。小说采用倒计时方式,生命的最后一分钟,高度的凝练,又极端的丰富,战争的残酷,人性的扭曲,命运的悲惨,在这艺术化的一分钟里尽数呈现。个人的命运何尝不是民族的命运。战争的影子常常比战争本身更加恐怖,也更为震撼。小说仅仅数千字,形式和内容巧妙融合,现实和艺术完美统一,语言和细节精准有力,扩散出巨大的容量和无尽的内涵,完全有可能比一部同样主题的长篇更有力量,充分显现出短篇小说的精致、能量和魅力。巴尔干冲突和南斯拉夫内战一直是欧美史学家和文学家关注的焦点。相关作品层出不穷。但我肯定会牢牢记住《一分钟:蠢蛋之死》,因为它独一无二,难以替代。

东欧作家大多会自觉地"同其他诗人,其他世界和其他传统相遇"(萨拉蒙语)。昆德拉、米沃什、齐奥朗、贡布罗维奇、马内亚、卡达莱、萨拉蒙等东欧作家都最终成为"世界性的人"。有些作家甚至最后放弃母语,改用英语、法语等通用语言创作。只要细读作品,你会发现,《最佳欧洲小说(2011)》中的多数东欧小说家都具有某种国际视野。影响和交融在他们的作品中

留下了明显的印记。黑山小说家奥格年·斯帕希奇索性将美
国短篇小说大师雷蒙德·卡佛当作了自己小说的动机:《我们
失去了雷蒙德——卡佛死了》(严蓓文译)。小说在讲述什么?
一种隐隐约约的不安?一种挥之不去的焦虑?一种莫名其妙
的影响和感应?一种说不清道不明的情感危机或生活危机?
也许是所有这一切的奇妙混合。"卡佛的故事充满不安。它们
散发出一种特殊的焦虑。它们太像真实生活了。"男主人公如
此想。小说故事也因此和卡佛作品产生了某种互文性。或者,
更确切地说,它们互为注解。小说的最后部分实际上是对卡佛
的微型小说《大众力学》的巧妙模拟。作者既有可能以此方式
表达某种隐喻,也有可能以此方式向卡佛致敬。正如我们难以
说清楚生活一样,我们常常也难以说清楚一部小说。出色的小
说常常因其丰富、细腻和复杂而"只可意会,不可言传"。

　　波兰女作家奥尔加·托卡尔克佐克的《世上最丑的女人》
(陈姝波译)也属于这类"只可意会,不可言传"的优秀小说。一
个马戏团经理娶了世上最丑的女人。人们兴许会怀疑他的动
机。但他自己明白,这场婚姻确实是出于感情。只不过这是一
份极为特别极为复杂的感情,伴随着好奇、厌恶和恐惧,却绝没
有一丝恻隐之心。事实上,恰恰是她的不同吸引了他。"要是
他娶她为妻,那他就会与众不同——身份特殊。他就拥有了别
人没有的东西。"这样的心理倒也合乎逻辑。但与最丑的女人
具体生活却是可怕的,甚至残酷的。他不得不时常短暂逃离,
却又无法彻底离开。他成了个分裂的人。他对她的感情其实

也是份分裂的感情：既厌恶，又依赖；既开心，又绝望；既恐惧，又好奇。而最丑的女人某一天意识到，人们之所以喜欢观看她，就因为他们自己缺乏任何独特之处，他们是孤独的，他们是苍白的，他们是无聊和空虚的。读完这篇小说，我的脑海里不断出现两个字：特别。一个特别的情感小说，一个特别的心理小说，一个特别的哲理小说，一个特别的寓言小说，或者说，一个特别的情感-心理-哲理-寓言小说，或者干脆说，一个特别的小说，那么的细腻，深刻，悲伤，肌理丰富，让人久久地回味。

在《最佳欧洲小说（2011）》中，如此杰作不胜枚举，而且几乎篇篇都有独特的魅力，译文又十分精彩、到位，实在是让人爱不释手。读它们，我们会感受到欧洲小说的丰富性，多元性，艺术性，当代性和独特性；我们会感受到生命气息和心灵力量；我们还会意识到，文学中，尤其是在诗歌和短篇小说中，无论是形式还是内容，无论是角度还是语调，甚至包括标点符号，一切皆有意味，皆为艺术。同时，我想说，将它们并列在一起，我们兴许才能明白欧洲小说的完整含义，进而逐步理解欧洲的完整含义。文学是能为一个国家、一个民族增添魅力的。它本身就是一个国家、一个民族魅力的一部分。文学也应该是最自由、最民主的。在文学世界里，所有具有独特价值的作品，都会赢得欣赏的目光。

"还没离开，就已经开始想念了。"此刻，我忽然想起了在天山天池听到的一句诗，可能会让人觉得有点唐突。可我自己知道，潜意识中，我已经在期盼《最佳欧洲小说（2012）》了。

杂乱而又贴心的阅读

这一年(2015)究竟读了多少书？还真得好好想想。东欧的、韩国的、英美的、拉美的……起码有六七十部吧。而且小说，散文，诗歌，日记，回忆录等等，什么都有。真是够杂乱的。杂乱的阅读，常常就是随心的阅读，贴心的阅读，也就是卡内蒂所说的那种幸福的阅读。

阅读有诸多隐秘的动力，比如求知欲，比如孤独感，再比如好奇心。记得前年元旦，我就是出于好奇心而捧起了罗琳的长篇小说《偶发空缺》(任战、向丁丁译)。读后，一直在想：如果没有哈利·波特系列的极度畅销和巨大成功，那么，她是否会这么写。显然，哈利·波特的畅销和成功给了罗琳足够的自信和底气，敢于往狠里写，敢于纵情地写。小说故事发生在一座小镇上。小镇往往让人想到宁静和缓慢，想到舒适的环境和贴心的节奏，想到温和的居民和田园牧歌般的生活。但是，罗琳笔下的帕格镇却充满了冲突、充满了对立、充满了火药味。夫妻、婆媳、母女、父子甚至情人都是对立的。小镇的议会绝对就是内战的战场。整部小说，总体上说，写了两组人：一组是成人；另一组是孩子，或者更准确地说是少年。成人沉湎于争斗。孩子同样如此。罗琳似乎对人类或者人类生活彻底绝望。她绝对不相信和谐，不相信对话的可能。她要解构和颠覆小镇所谓的田园牧歌。她写作这部长篇时，似乎极为享受文字，享受各种细节，把文字当作了一道盛宴，以至于完全不顾所谓的分寸和节制。小说中，人物，细节，故事，似乎都在无限蔓延。但由于角度不断转换，就像镜头不断转换那样，并不让读者感到冗长，乏味。尽管写冲突，写对立，写争斗，但我们读时，又不觉得特别紧张。这主要归功于作者的轻喜剧手法。在这样的轻喜剧中，我们常常能感到一点点黑色幽默的味道。她还勇于打破文学禁忌。我指的主要是色情，包括性描写，性暗示，性幻想，暴力，毒品，粗口，等等。一直以来，这都被当作男性写作的视角和内容。但通过《偶发空缺》，罗琳发起了挑战：女性同样有权利采用这样的视角，书写这样的内容。我总觉得，罗琳塑造少年形象、描写少年心理时，更生动，更准确。

同样是出于好奇心，我读起了捷克作家克里玛的回忆录《我的疯狂世纪》（第一部，刘宏译）。一位老人眼里的"疯狂"又是怎样的疯狂呢？克里玛曾经历过战争、集中营、解放、教条主义时期、"布拉格之春"、苏联粗暴入侵、极权主义统治、"天鹅绒革命"，等等，可谓历经人世沧桑，对世界的变幻和人性的莫测均有着深刻的体验和洞察。这种体验和洞察，提炼出来，奉献出来，就是一种珍贵的人生智慧、思想结晶和心灵遗产。正如他所说，"有过极限经历的人所看到的世界，和那些没有类似经历的人所看到的是不同的。罪恶与惩罚，自由与压迫，正义与非正义，爱与恨，复仇与宽恕，这些问题看起来似乎简单，特别是对没有其他生活经历的年轻人来说。一个人往往要花很多年才能懂得，极限经历会将他引向智慧之路。还有很多人，永远也不会懂"。世界的疯狂就是种种极限，种种莫测，种种荒谬，种种变幻，常常超乎人们的想象。及时的反思，自省，清理，防止极限、荒谬和罪恶重现，防止悲剧重演，为人心注入更多向善的力量，尤为重要。可悲的是，岁月中，多少罪恶，多少荒谬，多少悲剧，多少极端总在不断地重演。亲历和细节使得此书生动，有力，意味深长，有现场感，分外的丰富。依然记得一个细节：克里玛曾参加过一次座谈会，座谈会抽象，空洞，没什么意义。可就在这时，有人说道：每天，我的羞耻感都会被唤起。克里玛觉得，正是这一句话让原本毫无意义的座谈会有了价值。类似的细节比比皆是。可以说细节支撑起了整部回忆录。让我印象深刻的是，每一章的最后都有一篇主题论述，涉及极限、桎梏、乌托邦、恐怖与恐惧、挥霍的青春、信仰、独裁、忠诚与背叛、自由、命运等话题，仿佛一种总结，更是一种提升，让平静的叙述，有了思想的深度和高度。我相信克里玛在书写这部作品时，内心是充满着道义感和责任感的。这种道义感和责任感恰恰是许多东欧作家的最感人之处。尽力说出一切，本身就需要真诚和勇气。

比起《我的疯狂世纪》这样的长篇巨制，聂鲁达的《二十首情诗和一首绝望的歌》《疑问集》，万楚拉的《无常的夏天》，莫迪亚诺的《暗店街》《地平线》《缓刑》等等显然属于轻巧的作品。轻巧，却并不低微；轻巧，自有轻巧的魅力。《二十首情诗和一首绝望的歌》让人懂得，激情对于诗人的重要。《疑问集》则以发问的形式，展现出好奇、想象与诗意共同孕育的奇特果实。《暗店街》《地平线》《缓刑》似乎在演绎一种模糊美学，那其实更加贴近世界的本色。而《无常的夏天》简直就是一场语言的魔术，从小镇的单调和平淡中变幻出那么多的幽默、情趣和韵味。我因此愿意将捷克作家万楚拉称作语言魔术师。难怪就连向来傲慢的昆德拉青年时代都曾对他推崇备至呢。

有些书需要在恰当的时机读，就像荷兰作家维尔林哈的小说《美丽的年轻女子》（李梅译）以及罗马尼亚作家拉扎雷斯库的小说《麻木》（林亭、周关超译）。两部作品都涉及衰老主题。人生自然的现象，谁也无法回避，因而具有普遍意义。《美丽的年轻女子》将爱情、婚姻、夫妻关系、衰老心理和生理、婚外恋等混合于一体，不时地加入情爱场景，节奏快捷，篇幅短小，完全可以一口气读完，是一部特别好看的小说。《麻木》主要写了两个人物：埃弗盖尼和瓦莱莉娅。中年男子埃弗盖尼决定要写一本书，认为唯有如此方能体现人生价值。退休教师瓦莱莉娅积极参与老年合唱团等活动，想以此来保持活力，抗衡孤独。但他们俩都开始面临衰老的威胁。麻木恰恰就是衰老最初的症状。埃弗盖尼和瓦莱莉娅的困惑，是自身的困惑，与生存紧密相关。具体而言，他们都需要找到某种自己坚信的生存意义。

埃弗盖尼期望通过出版一本书来解决这一问题,可对此他内心又并不特别坚定,因而最终也就陷于失败和沮丧;瓦莱莉娅倒是充满了激情,却实实在在地遭遇了病痛,只能在清醒和糊涂之间一步步走向生命的尽头。显然,埃弗盖尼是一个正在进入麻木的人,而瓦莱莉娅是一个已经进入麻木的人。他们都想通过艺术与麻木苦苦地斗争。但艺术并不能解决一切。而生存中永远都有比艺术更为要紧的事情。人类本质上就是无望和孤独的。这是人生的无奈,也是人类的宿命。兴许,小说家想说的正是这一点。已过知天命之年,读到《美丽的年轻女子》和《麻木》这样的小说,内心自然会生出无限的感慨。

读外国文学常常有种新鲜感,而读中国文学则更会有亲切感。亲切,是的,当我读到东西《篡改的命》时,我就倍感亲切。东西是我喜欢的作家,机智,深刻,富有灵气。十多年来,我一直密切关注着他的小说。他始终以自己独有的从容的姿态写着他的小说,不慌不忙,不骄不躁。他的长篇小说《耳光响亮》《后悔录》以及这部《篡改的命》都是中国文坛难得的杰作。我最欣赏的是他的《后悔录》和《篡改的命》。说到小说,我一直在寻找那种既好看又有意味的作品。《后悔录》和《篡改的命》就满足了我的这种阅读期待。东西真是讲故事的高手,无论多么荒诞,无论多么离奇,无论多么不可思议,他都讲得像模像样,一本正经,合情合理。这显然是需要想象力的。而在小说创作中,想象力就是创造力的最好体现。当然也需要对人性的深刻洞察。《后悔录》中不断出现的"如果"这两个字,既突出了后悔的气息,也突出了绝望的气息。因为现实是没有如果的。后悔,仅仅是主人公曾广贤的语调,仅仅是小说的语调和气息,而并非小说的主题。小说的主题实际上是荒诞,人生的荒诞,有着浓郁的存在主义色彩。人生充满了圈套,一不留神,我们随时随地都有可能落入圈套,有时甚至是自己设下的圈套。《后悔录》和《篡改的命》中都有无数细节,像黑色幽默,会叫人发笑,但读完全书,你却怎么也笑不起来了。唯有悲哀,唯有郁闷,唯有哭的冲动。本质上,我相信,东西对人性充满了悲观和绝望。东西富有理解力和洞察力,又有生活积累,对中国现实有着深刻的了解。可以说,《篡改的命》将中国现实中个人的命运写到了极致。若无对中国现实的深刻了解,若无对人性的深入挖掘,若无对城乡差别的刻骨记忆,若无长期的积累、观察和领悟,若无必要的写作才华,很难写出这样精彩的作品。小说涉及的话题丰富,结构精巧,逻辑严密,大量细节令人难忘,写得特别狠,特别绝,唯其如此,才能反映中国复杂的现实。而语言常常是轻盈的,带有黑色幽默色彩的,还用了不少流行词语,甚至网络词语。想象力,现实感,虚和实的巧妙结合,使得一部实质沉重的小说变得特别好看,可读。什么是中国现实? 什么是中国真实? 那么,就读《篡改的命》吧。

叙事的魔力

又到 2016 年岁末，细细想想，这一年又有哪些书给我留下了深刻的印象。我首先想到了匈牙利作家马洛伊·山多尔的长篇小说《烛烬》（余泽民译）。这是部能让你一下子静下来，并牢牢抓住你的目光的小说。静谧的夜晚，某座似乎与世隔绝的庄园，神秘的气息在空气中浮动。两位古稀老人，在相隔四十一年零四十三天后再度相聚。这样的开场本身就让人充满了好奇和期待：他们究竟是什么关系？他们经历了怎样的人生和情感？他们秉烛夜谈，回首往事，又会说些什么？故事就这样在不知不觉中缓缓展开。友情，爱情，忠诚，嫉妒，背叛，真相……小说涉及的都是这些古老的主题，但这些古老的主题在马洛伊的笔下却依然显得如此新鲜，如此扣人心弦。关键在于故事的讲述方式。马洛伊实在太会讲故事了。他表面上不动声色，不紧不慢，实则精心讲究着小说的语言、节奏、起伏、韵味、悬念和人物的心理。而这一切又构成一个无形的磁场，让读者恨不得一口气读完，又舍不得一口气读完。不得不承认，马洛伊是一位文学天才，是一个叙事大师，掌握着某种神奇而独特的叙事魔力。

这种叙事魔力在他的另一部自传体小说《一个市民的自白》(余泽民译)中展现得更加淋漓尽致，更加令人叹服。毕竟，《烛烬》还有着曲折的情节、诱人的悬念、精致的心理和惊心动魄的故事。《一个市民的自白》则完全是一幅幅日常生活场景，一个个颠沛却也平凡的日子。这样的小说，在那些平庸的作家笔下，极容易写成一本本单调乏味的流水账。但马洛伊却凭着叙事魔力从日常中提炼出了意趣，将平凡提升到了艺术和心灵的高度。马洛伊喜爱普鲁斯特，影响在所难免。《一个市民的自白》不禁让我们想到了普鲁斯特的《追忆似水年华》，也确实有评论者认为，《一个市民的自白》，从艺术水准而言，完全可以与《追忆似水年华》相媲美。这样的评价是否客观、准确，还有待探讨，但起码是对《一个市民的自白》的高度认可。

除了《烛烬》和《一个市民的自白》，译林出版社还推出了马洛伊的《伪装成独白的爱情》《草叶集》《反叛者》《分手在布达》等其他作品。喜欢马洛伊的读者有福了，可以尽兴尽致地读马洛伊了。

难以忘怀的另一本书同样出于匈牙利作家之手，那就是马利亚什·贝拉的《垃圾日》(余泽民译)。这些年，我们读到了《英国旗》《船夫日记》《一个女人》《赫拉巴尔之书》《宁静海》等一部又一部匈牙利优秀的文学作品。这些作品大都由旅居匈牙利的中国作家和翻译家余泽民翻译或组织翻译的。通过这些作品,我们知道了一个又一个闪光的名字:凯尔泰斯、艾斯特哈兹、巴尔提斯、纳达什、马洛伊、马利亚什等等。泽民是我的好朋友。我感佩于他的文学虔诚,并惊叹于他旺盛的精力。新年到来之际,我要祝福远在布达佩斯的他,并深深地感谢他为译介匈牙利文学所作出的巨大的贡献。

就在昨晚,欣喜地看到了新鲜出炉的《乌村幻影》(陆象淦译),是罗马尼亚著名作家欧金·乌力卡罗的小说代表作。小说原名 *Vladia*(乌拉迪亚),该词在斯拉夫语中有掌控之意。一个名叫乌拉迪亚的封闭的小镇,狭窄,灰暗,单调,一切似乎都在掌控中,一切似乎都在按个别人的意志缓慢运行。但幽黑中,总有着一些激流在暗中汹涌。自我,尊严,爱情,人性,这些难以完全扼杀的内在情感不时地会闪出它们的火花,哪怕仅仅是微弱的火花。小说中,K. F. 夫人几乎没有说一句话,所有时间都雕塑般坐在别墅一把固定的椅子上,似乎在守护着过去,守护着自我,同时沉湎于回味,也沉湎于幻想。有关她同飞行员的爱情故事四处传播,如梦似幻,扑朔迷离。这样的爱情故事,不管真假,都会在人们内心激发并点燃起某种希冀和热情。事实上,在灰暗的日常中,爱情,有可能会成为内心的一条出路。作者想传达的兴许就是这一含义。小说虚实模糊,时徐时疾,真假难辨,具有现实和梦幻交织于一体的氛围。边界被打破了。某种意义上,小说就是一门打破边界的艺术。想象力和创造力由此展现。《乌村幻影》是部典型的寓言体小说,而且充满了诗意和想象,读者可以从中读出各种意味来。乌拉迪亚可以置于世界的任何地方，它可以是外在的，也可以是内在的，可能在近旁，也可能在远方，因而具有普遍意义。在同中国作家对话中，乌力卡罗说了句意味深长的话："写完这部小说后，我开车迷了路，但阴差阳错，真的找到了乌拉迪亚。"乌力卡罗是典型的中东欧小说家。在如何处理现实同艺术的关系，如何将现实提高到艺术的高度等重要问题上，中东欧作家兴许更能引发我们的共鸣，更能给我们以启发。隐喻，寓言，变形，梦幻，象征，反讽，卡夫卡、舒尔茨、贡布罗维奇、卡达莱以及乌力卡罗等中东欧作家常常会用到的这些文学手法，特别值得我们研习和借鉴。

后　记
——阅读·成长·岁月

一

　　说来惭愧，在童年和少年，几乎没读什么书，连小人书也没怎么读过。这样的空白，自然同社会环境有关。那时，只知道白相（吴语，游戏、玩耍的意思），整天都白相。童年和少年就是一个大游乐场：游水，打水仗，抓螃蟹，拍烟盒，前门压过凤凰，中华压过前门，抽"贱骨头"，滚铁圈，抽丝瓜藤烟，跟随大人到太湖去钓鱼，打野鸭……虽然没读什么书，却能时常感受田野、林子和湖泊。因此，我曾在多种场合郑重声明：我从不说我的童年很贫乏。我的童年有着另一种丰富。一种书本无法提供的丰富。

　　真正的阅读，从大学开始。主要利用寒假和暑假，读一些课本以外的书。少年时代接近尾声，青春年华刚刚开始。步入青春，也就懂得了忧郁。因此，也可以说，对我而言，真正的阅读，从忧郁开始。

　　上世纪 80 年代初，有几本书在社会上流传，半公开，半地

221

下，带着几许神秘色彩。其中就有《第二次握手》和《人啊，人》，是姐姐借来的。姐姐读完，才轮到我读。那是一种启蒙阅读。爱情，第一次，以文字的形式，展现在我的面前，美丽，但又忧伤。还有诗意。还有想象之美，词语之美，思辨之美。至今，还记得《第二次握手》中的丁洁琼和苏冠兰。琼姐，兰弟，他们互相称呼。让人羡慕。有段时间，我总梦想着自己就是兰弟，就是一段曲折爱情的男主人公，念念不忘心中的琼姐。我的琼姐在哪里？忧郁中，我一次次发出这样的呼唤。琼姐是天上的，永远也呼唤不到。而《人啊，人》带给我的是诗与思。不同的人在讲述。好像都是些有品味、有思想的人，有大学老师，有小说家，有诗人。不时地，总会运用诗句，总会闪出思想的光辉。我几乎一边读，一边记，把那些打动我的诗句和警句都记在本子上。记诗歌，记格言、名句和精彩段落，是我青春年代的一大热情。竟然记了好多本。至今还保存着呢。在江南的细雨声中，读这些文字，记这些文字，忧郁、诗意和梦都在增强，蔓延，最后同雨融合在了一起。

二

大学学习，紧张，而又充实。我们那批学生，好像都异常用功，好像都有着隐秘的动力。确实有动力。外语学院，班级一般都不大，一个班也就十几个学生，差不多一半女生，一半男生。女生和男生，总会自动组成学习小组，一道做功课，一道上图书馆，一道练习外语会话。如此，许多男生和女生练着练着

口语，最后终于说出了那句用外语比用母语更容易说出口的话
"I love you!"光我们那个班，就成就了三个幸福的家庭。如今，
他们的孩子都长大了。我祝福他们。

　　我始终没有寻到心中的琼姐。也好。一门心思读书吧。
在紧张学业的空隙，阅读，成为调剂和滋润。也有提高修养的
意图。徐志摩，戴望舒，冯至，卞之琳，李金发，郭小川，艾青，朱
光潜，歌德，普希金，司汤达，雪莱，勃朗宁夫人，泰戈尔，波德莱
尔，莎士比亚，等等等等，都是在校园环境中读到的。都是些名
家名著。并不是每个都读得那么投入。有些读得有点稀里糊
涂，似懂非懂。普希金、密茨凯维奇、泰戈尔、爱明内斯库们更
能吸引我。总体上，诗歌作品读得多些。常常，一首诗，甚至几
行诗，就能确定我对一位诗人的喜爱。徐志摩的《再别康桥》、戴
望舒的《雨巷》、卞之琳的《断章》、郭小川的《团泊洼的秋天》、普希
金的《致凯恩》、密茨凯维奇的《犹豫》、泰戈尔所有的散文诗，尤其
是他的《游思集》，都让我爱不释手。他的节奏，很长一段时间，左
右着我的写作。一写东西，就是那种节奏，想摆脱都难。而对歌
德，读小说《少年维特的烦恼》还好些；读诗歌，却怎么读，都没有
感觉，怎么读，都读不出他的好。肯定是我的问题，是我的境界还
不够高，无法领会歌德的伟大，我当时就那么想。

三

　　"朦胧诗"也是在校园读到的。感受到巨大的冲击，言语难

以描述。这种冲击有诗歌的，更有人性的。是审美的一种颠覆，也是心灵的全新体验。

当时，北岛和舒婷他们的许多诗作我都能倒背如流。"卑鄙是卑鄙者的通行证，高尚是高尚者的墓志铭。看吧，在那镀金的天空中，飘满了死者弯曲的倒影。"这才是真正的诗歌，冷峻，犀利，悲壮，富有征服的气势和反抗的精神，紧紧抓住了我的心。这样的诗句，朗诵起来实在过瘾。我大概就是在那时喜欢上朗诵的。也喜欢听朗诵节目。诗歌就该发出声音，发出声音，才是诗歌。那时，电台常常播放配乐诗朗诵节目。因此，许多诗歌我是首先听到的，然后再去找来读。电台曾将舒婷的《祖国啊，我亲爱的祖国》制作成配乐诗朗诵节目，反反复复地播。我反反复复地听，边听边随着朗诵，每一次，都泪流满面，如痴如醉，就像深深进入了角色，需要好一会儿才能让自己回过神来。那就是诗歌的力量。如今，时隔近三十年，再听这首诗，不知是否还会有如此的感动。

春风文艺的《朦胧诗选》和老木编选的《新诗潮诗集》几乎成为我随身携带的书本。后来，一个午后，在诗人陈敬容先生家见到老木，为了《新诗潮诗集》，我向他表示了敬意。去美国访学时，行李限制的缘故，只能带几本书，我毫不犹豫地挑选了《朦胧诗选》。在异国他乡，孤独的时刻，思念的时刻，无聊的时刻，大雪封门的时刻，甚至想吃饺子或馄饨的时刻，总要捧起它，读上几首自己喜欢的诗。《朦胧诗选》外，我还带上了树才和莫非的诗歌，刘恪的诗意小说。读朋友的文字，倾听和诉说，仿佛在同时进行,有着另一种温暖和安慰。

无论在人生的道路上,还是在诗歌的道路上,"朦胧诗"都对我起到了革命性的影响。

四

看电影和杂志,其实是另一种阅读。绝对是的。上世纪80年代,又逢青春时期,谁又能否认电影和杂志的深刻影响。青春的目光里总有着幻想和渴望,挡也挡不住的,尤其在看罗马尼亚电影时。《多瑙河之波》《沸腾的生活》《神秘的黄玫瑰》。头一回看到了金发女人,真正的女人,穿着泳装,在沙滩上奔跑,胸脯高高的,腿长长的,性感,迷人,让人热血沸腾,心中生出种种的幻想。

没想到,电影中的金发女人从屏幕中走了出来,径直来到了我们的面前,教我们罗马尼亚语。先是弗洛里奇格夫人,穿着大喇叭裤,足蹬高跟鞋,胸脯高高的,腿长长的,总是红扑扑的脸蛋,如此的美丽,动人,我都不敢直面,只是低着头,一遍遍跟随着她读单词,读课文,不时地,偷偷抬头看她一眼。罗马尼亚语中,弗洛里奇格,有玲珑花朵的意思。好一朵玲珑花朵啊,向我们展现出了生命的美。接着是丹尼洛夫夫人,白皙,饱满,气度高贵,另一种类型的美女。她把我们当孩子,开心的时刻,喜欢摸一下我们的头。我多么愿意被她摸一下头啊。那简直就是奖赏。有段时间,丹尼洛夫夫人外出办事,总是叫我陪同

当翻译。当然很乐意去。每回，任务完成后，夫人都会邀请我
到友谊宾馆他们家中小坐一会儿，吃点点心，喝点咖啡。此刻，
回忆起来，我都依然能闻到浓郁的咖啡香呢。二十多年后，我
到罗马尼亚工作，本该去看看两位女老师的，可内心一直复杂，
矛盾，犹豫，最终也没成行。我是在怕时间，怕时间会摧毁她们
在我心中的美好形象。

五

在幽暗中，在雪
始终没有飘落的冬天
旋律回荡
可礼堂已经空空荡荡

歌者，站在舞台中央
索性闭上眼睛
继续歌唱
仿佛在为自己而歌唱
或者，在为歌唱而歌唱

谁知道他的柔情
他的期盼，他的失落
他内心深刻而又无言的忧伤

上世纪 80 年代,我又禁不住回到你的身边。缓慢,却单纯的时光,充满了盼望。是那种真正意义上的盼望。把时间撑得空空的,又填得满满的。每天都会一趟趟地去开信箱,看看有没有家书抵达。有时,会等半个月,甚至一个月。半个月,或一个月才等到的家书,你肯定会读一遍又一遍。压在枕头下,放在书包里,随时拿出来读。贴着心读。读到的是几十倍的温暖,几十倍的欣慰。读着读着,就会泪流满面。然后,脸红。然后,笑。很丰富的笑。

想家,也是一种病:homesick。这个词,英语显然比汉语贴切。几乎期中考试一过,就开始盼着放假,盼着回家。暑假,寒假。金子的时光。无论如何都要回家。欢欣鼓舞地回家。排除万难地回家。火车再挤,路途再长,也得回家。书包里,总要搁进几本书。假期里读。可常常,也就是装装样子。一回到家,心,就散了,就飞了。聚会,见同学,找邱悦,找姜勇,找慧良,找益明,吹牛皮,吃茶,逛公园,白相。紧张了一个学期,也该放松放松了。心里总能为自己开脱。那时,白相,是件朴素的事情。吃块冰砖,喝碗绿豆汤,到趟盛泽,去趟苏州,已是满心的欢喜。要是能约上一两个女同学,就更开心了。可我们都太羞涩,太胆怯。想,却不敢。见到女同学,照样低下头,擦肩而过。

而书就被搁置在写字桌上。一天,两天,十天。总觉得假期太短。一晃,还有一个星期就要开学了。赶紧拿起书本。怎么都得读上几本。否则,心里会不踏实,会自我检讨和批评。可也不能整天读书。就主动要求做饭。不会太难的。凭想象就行。我的理论是：研究生都能考上，还能学不会做饭。一上来就要做红烧肉。偏偏这时，又捧起了书。偏偏这时，就读到了一个精彩段落。待从书本上抬起目光时，糟糕，香味变成了焦味。结果，研究生做的红烧肉，谁都难以下咽。读书害人啊，我在沮丧中感叹。

六

在北外，一共度过了八年。那是成长的关键时刻。毕业后，没去外交部，也没去经贸部，而是来到《世界文学》编辑部工作。是我自觉的选择。当然是出于文学热情、理想主义情怀和读书爱好。而我的文学热情、理想主义情怀和读书爱好，基本上，就是在北外校园中培育起来的。一晃，毕业离开母校，已二十多年了。可每每再次走进母校，一种难以形容的亲切和美好，会在心里油然而生。就在今年3月的某一天，路过母校，禁不住到校园里走了走。风吹着，已有初春的暖意。忽然，一些诗句，涌上了心头，那么自然，温暖，而美好：

> 风吹着，吹着，就吹开了一片岁月
>
> 三月，树下，面对八年
>
> 是怎样的结
>
> 让它们分开，又聚拢
>
> 八年，八年，这不大的校园

回声和脚步重叠,竟长成了竹林

我看着你,你也看着我,好吗
太早了,世界还未醒来
我们一道往回走,走到
那些睡懒觉的时光,做春梦的
时光,在操场边读书的时光
头一回坐火车的时光,一口气
吃三大碗米饭的时光,到图书馆
抢座位的时光,骑车带着女生
兜风的时光,凌晨四点
去看日出的时光,手捧诗集
在天安门国旗下约会的时光……

那些时光,飘浮着,在空气里,
在南锣鼓巷,在老同学酒杯与酒杯的
相碰之间,如一缕笑
那么熟悉,贴心,却又烟雨般
迅即消隐

世界还未醒来。你看着我,我也看着你

2018 年 2 月 2 日修订稿